FELIX HUBY

NACKT IM GRAB

FELIX HUBY

NACKT IM GRAB

KRIMINALROMAN

GMEINER

Immer informiert

Spannung pur – mit unserem Newsletter informieren wir Sie
regelmäßig über Wissenswertes aus unserer Bücherwelt.

Gefällt mir!

Facebook: @Gmeiner.Verlag
Instagram: @gmeinerverlag
Twitter: @GmeinerVerlag

Besuchen Sie uns im Internet:
www.gmeiner-verlag.de

© 2020 – Gmeiner-Verlag GmbH
Im Ehnried 5, 88605 Meßkirch
Telefon 0 75 75 / 20 95 - 0
info@gmeiner-verlag.de
Alle Rechte vorbehalten
2. Auflage 2020

Lektorat: Claudia Senghaas, Kirchardt
Herstellung: Mirjam Hecht
Umschlaggestaltung: U.O.R.G. Lutz Eberle, Stuttgart
unter Verwendung eines Fotos von: © indigolotos / stock.adobe.com
Druck: GGP Media GmbH, Pößneck
Printed in Germany
ISBN 978-3-8392-2742-8

1

Die Maschine aus Barcelona landete pünktlich. Das Gepäck kam schneller als erwartet. Peter Heiland, seine Frau Hanna und der kleine Heinrich, der stolz seinen eigenen kleinen Rollkoffer hinter sich herzog, traten auf die Straße hinaus. Ein schwacher Nieselregen ging nieder. Kurz leuchtete ein Polizeiblaulicht auf. Dann fuhr ein Auto heran und hielt bei dem Trio. Carl Finkbeiner stieg aus, nahm das Blaulicht vom Dach und verstaute es unter dem Fahrersitz. »Willkommen daheim!«

»Des hätt jetzt aber net sei müsse, dass du uns abholst«, sagte Peter Heiland. Wie so oft verfiel er ins Schwäbische, wenn er mit seinem Landsmann und Kollegen sprach.

Finkbeiner winkte ab und verstaute das Gepäck im Kofferraum des Dienstwagens. »Es ist eh nichts los bei uns«, sagte er und küsste Hanna auf beide Wangen. Dann klatschte er sich mit dem vierjährigen Heinrich ab wie ein alter Sportskamerad und schwang sich hinters Steuer. Wie immer trug er seine ausgewaschene beige Cordhose und einen braun-grün gestreiften Pulli.

»War's schön?«, fragte er, als er den Motor anließ.

»Himmlisch«, rief Hanna von der Rückbank. »14 Tage lang nur Sonne.«

»Ich kann jetzt sogar im Meer schwimmen«, ließ sich der kleine Heinrich hören.

»Und preiswert war das«, sagte Peter. »Eigentlich unverantwortlich: Wir fliegen für 258 Euro alle drei hin und zurück nach Mallorca.«

»Ich hab gar nichts gekostet«, krähte der kleine Heinrich.

»Das freut doch den Schwaben.« Carl Finkbeiner bog auf den Zubringer zur Autobahn ein.

»Aber klimafreundlich kann man das nicht nennen! Ich hab echt ein schlechtes Gewissen«, sagte Peter Heiland.

Sie hatten gerade die Zufahrt Adlershof passiert, als sich Carl Finkbeiners Handy meldete. Er schaltete die Freisprechanlage ein. »Finkbeiner hier.«

»Wo bist du?« Die Stimme kannten sie alle.

»Hallo, Jenny. Auf der A100 kurz vor Tempelhof«, antwortete Finkbeiner. »Was Wichtiges?«

»Schwer einzuschätzen. Mir gegenüber sitzt ein Mann, der behauptet, ein frisches Grab mitten im Wald entdeckt zu haben, und der fest daran glaubt, dass drin ein Mordopfer liegt.«

»Ein Verrückter«, meldete sich Peter Heiland, beugte sich vor und rief: »Hallo, Jenny, Peter Heiland hier.«

»Ach! Bist du wieder im Land?«

»Seit einer halben Stunde.«

»Umso besser, der Mann will unbedingt mit dir sprechen.«

»Mit mir? Kennt er mich denn?«

»Weiß nicht. Kennst du ihn? Er heißt Wassyl Grosni.«

»Den Namen hab ich noch nie gehört.«

»Er sagt, er komme aus der Ukraine und sei Polizist auf der Krim gewesen, bis die Russen dort die Macht übernommen haben.«

Peter Heiland sah auf die Uhr am Armaturenbrett. Es war kurz vor 19 Uhr.

»Nimm seine Personalien auf und bestell ihn für morgen zehn Uhr! Ich bin gegen neun im Büro.«

»Jawoll, Chef!«, antwortete Jenny Kreuters, leichte Ironie in der Stimme, fehlte nur, dass sie ein »Zu Befehl!« hätte folgen lassen.

Hanna lachte. »Kaum hast du deinen Fuß auf Berliner Boden gesetzt, bist du wieder voll im Job.«

Wassyl Grosni erschien pünktlich um zehn Uhr an der Pforte des Landeskriminalamtes am Tempelhofer Damm 12 und wurde von einem Beamten ins Besprechungszimmer der 4. Mordkommission gebracht. Peter Heiland und Carl Finkbeiner erschienen gleichzeitig mit dem Ukrainer an der Tür des kleinen Raumes. Das Angebot, Kaffee bringen zu lassen, lehnte der Besucher höflich ab. »Wir dürfen keine Zeit verlieren.« Er zog ein Blatt Papier aus der Innentasche seiner Jacke, breitete es auf dem Besprechungstisch aus und strich es mit der flachen rechten Hand glatt. »Ich habe die Lage des Grabs hier skizziert.«

Peter Heiland sah ihn an. Er schätzte den Mann auf 50 Jahre, er hatte ein gebräuntes, kantiges, fast viereckiges Gesicht. Die kurzen, feuerroten Haare standen nach allen Seiten ab. Seine Augen hatten die Farbe grauer Kiesel. Die Augenbrauen, genauso rot wie die Kopfhaare, waren dicht und über der Nasenwurzel zusammengewachsen. »Sie wollten unbedingt mit mir sprechen, aber wir kennen uns nicht.«

»Nein, wir kennen uns nicht, aber ich habe mich natürlich erkundigt.«

»Bei wem?«

»Spielt das eine Rolle? Jedenfalls wurde mir gesagt, Sie seien der Leiter einer Mordkommission und bekannt dafür, auch ungewöhnliche Wege zu gehen.«

»Und wer hat das gemeint?«

»Ich weiß nicht mehr genau. Ein Journalist, glaube ich. Wissen Sie, ich bin viel unterwegs. Ich muss lernen!«

»Was müssen Sie lernen?«

»Alles. Ich muss mir hier eine neue Existenz aufbauen, und das ist nicht einfach.«

»Na gut.« Peter Heiland zog die Skizze zu sich her. »Was hat Sie ausgerechnet dorthin geführt?«

»Ich habe Pilze gesucht«, er lächelte, »und ich habe viele gefunden. Bei dem feuchten Wetter schießen sie wie … na ja, wie Pilze aus dem Boden.«

»Sie sprechen perfekt deutsch«, ließ sich Carl Finkbeiner hören.

»Ich bin in meinen ersten Lebensjahren hier aufgewachsen. Ehrlich gesagt: Ich spreche besser Deutsch als Ukrainisch und Russisch.«

Als sie in den Dienstwagen einstiegen, setzte ein heftiger Regen ein. Finkbeiner sagte zu dem Ukrainer: »Ich kann zu Ihren Gunsten nur hoffen, dass da wirklich ein Grab ist.«

Grosni lächelte. »Glauben Sie einem erfahrenen Kollegen.«

Ein Blitz fuhr über den Himmel. Für einen Augenblick schoss eine unangenehm grelle Helligkeit in den dunklen Kiefernwald. Fast im gleichen Moment folgte ein Donnerschlag. Der Regen hatte sich verstärkt. Der Himmel schien sich zu öffnen. Gewaltige Windstöße warfen mächtige Wassermassen gegen die Baumkronen, die vom Sturm hin und her gepeitscht wurden. Der untersetzte kleine Mann ging, den Oberkörper weit vorgebeugt, den Kopf zwischen den Schultern, voraus. Er trug eine blaue Regenjacke mit einer mächtigen Kapuze, in der sein Gesicht fast verschwand. Immer wieder versanken seine Füße tief im Morast. Peter Heiland, der dicht hinter ihm ging, musste grinsen. Der Ukrainer trug edle Lederschuhe, womöglich handgefertigt. Die kann er nachher wegschmeißen, dachte der Kommissar.

Er selbst trug gelbe Gummistiefel, die bis zu den Knien hinaufreichten, dazu eine gleichfarbige Jacke, die man allgemein Friesennerz nannte. Auch er hatte die Kapuze über den Kopf gezogen. Carl Finkbeiner, der dichtauf folgte, war genauso angezogen und trug in beiden Händen je einen Spaten.

Als sie ungefähr 500 Meter gegangen waren, ließ der Regen plötzlich nach. Im Westen riss der dunkle Himmel auf, zwischen den Baumwipfeln und den Wolken war ein weißer Streifen zu sehen. Sie sprangen über einen schmalen Bach, mussten einen kleinen Anstieg hinauf und erreichten ein dichtes Gehölz. Grosni schlug mit den Armen ein paar Zweige auseinander. »Da vorne«, rief er über die Schulter.

Sie stapften in eine Kuhle hinab, die nur mit niedrigen Büschen bedeckt war. Ein flacher Erdhaufen ragte wenige Zentimeter über die Spitzen der Zweige und sah tatsächlich aus wie ein frisch aufgeworfener Grabhügel.

Finkbeiner und Peter begannen, mit den beiden Spaten den Erdhügel abzugraben. Der Ukrainer stand, mit vor der Brust gekreuzten Armen, breitbeinig daneben. Niemand sprach. Der Regen hatte aufgehört. Der Himmel riss auf. Ein paar Minuten später stand die Sonne direkt über der Lichtung, ungewöhnlich weiß, stechend und grell. Die beiden Kommissare gerieten heftig ins Schwitzen. Nach etwa zehn Minuten richtete sich Peter Heiland auf und drückte Grosni wortlos seinen Spaten in die Hand.

Der Ukrainer war kräftiger als die beiden deutschen Kommissare, und Peter Heiland schien es, als grabe er gezielter, so als ob er genau wüsste, was er wo finden würde.

Während die beiden anderen Männer weitergruben, durchquerte Heiland die Kuhle und stieg auf der gegenüberliegenden Seite durch das dichte Buschwerk die Böschung hinauf. Überrascht stellte er fest, dass von dort ein etwa zwei Meter breiter Pfad auf die Senke zulief. Vermutlich ein Holzabfuhrweg, der hier endete. In der nassen Erde waren Reifenspuren zu erkennen.

Heiland zog sein Handy aus der Tasche und fotografierte die tiefen Eindrücke in der nassen Erde. Nachdenklich kehrte er zu den anderen zurück.

Es dauerte noch eine Viertelstunde, da kam, in etwa 50 Zentimetern Tiefe, ein Stück weißer Haut zum Vorschein. Behutsam schoben Carl Finkbeiner und Peter Heiland, der mit den bloßen Händen zu Hilfe kam, weitere Erde zur Seite. Grosnis schweißüberströmtes Gesicht drückte einen gewissen Triumph aus. Er hob die Schultern und gleichzeitig beide Arme, als wollte er sagen: »Hab ich's nicht gesagt?«

Carl Finkbeiner deutete mit dem Daumen auf die Leiche. »Und Sie haben das Grab ganz zufällig entdeckt, ja?«

Grosnis Gesicht war sehr ernst. »Wenn ich irgendetwas damit zu tun hätte, hätte ich Sie dann geholt?«

Peter Heiland sah ihn aus zusammengekniffenen Augen an. »Ja, vielleicht gerade deshalb. Damit Sie genau diese Ausrede anbringen können.«

Zwei starre bleiche Füße traten zutage, danach die Beine, die Lenden, ein schmaler Brustkorb und schließlich der Kopf. Der Tote lag auf dem Rücken, die Arme ruhten ausgestreckt neben dem Körper. Carl Finkbeiner hatte inzwischen die Latexhandschuhe übergestreift. Behutsam säuberte er das Gesicht des nackten Mannes von den letzten Erdresten. Es wirkte unnatürlich glatt. Die Haare waren raspelkurz geschnitten. In der Mitte der Stirn war ein kleines Loch zu sehen, bräunlich rot umrandet von verkrustetem Blut. Die Augen waren weit aufgerissen. Finkbeiner widerstand der Versuchung, sie zuzudrücken.

Peter Heiland zog sein Handy aus der Tasche und wählte die Nummer seiner Abteilung. Norbert Meier war dran. »Schick uns die Spurensicherung und bitte mit dem ganz großen Besteck.«

»Sag bloß, ihr habt wirklich etwas gefunden?«

Peter Heiland antwortete nicht darauf. »Wenn ein Gerichtsmediziner zu fassen ist«, sagte er, »schick ihn gleich mit.« Dann wendete er sich an den Ukrainer und deutete auf die Leiche: »Kennen Sie den Mann?«

Grosni schüttelte den Kopf und wendete sich ab, als könnte er den Anblick des Toten in der Grube nicht ertragen. Peter Heiland musterte ihn. Er konnte sich täuschen, aber er hatte das Gefühl, dass der Ukrainer versuchte, eine tiefe Erschütterung zu verbergen. Deshalb hakte der Kommissar nach: »Sicher nicht?«

»Ich habe den Mann noch nie gesehen.« Grosni fuhr sich mit der flachen Hand über die Augen.

Peter Heiland zog seine gummierte Jacke aus, drehte das Innere nach außen, warf sie über einen Baumstumpf und setzte sich darauf. »Sie werden uns eine Menge erklären müssen.«

»Ich?« Grosni sah den Kommissar an. »Nur weil ich zufällig dieses Grab entdeckt habe?«

»Und Sie haben nicht entdeckt, dass von dort drüben ein bequemer Weg hierherführt?«

»Dort drüben?« Es klang erstaunt. »Ich bin von da gekommen«, Grosni deutete mit dem Daumen über seine Schulter, »genauso wie wir vorhin. Als ich das

Grab gesehen habe, bin ich sofort umgekehrt. Dort drüben war ich nicht.«

Die Beamten der Spurensicherung hatten den Standort der drei Männer über Peter Heilands Handy geortet. Sie näherten sich auf dem Weg, den Heiland entdeckt hatte. Der Kommissar eilte dem Trupp entgegen und stoppte ihn rechtzeitig, um zu verhindern, dass die Reifenspuren verwischt wurden. Der Chef der Spurensicherer grüßte den Kollegen, indem er einen Zeigefinger salutierend an die Stirn legte, und erteilte sofort den Auftrag, die Reifenspuren mit Gips auszugießen, um sie zu sichern.

Der Gerichtsmediziner, ein älterer Mann, der kurz vor der Pensionierung stand, ging mit steifen Schritten die Böschung hinab und näherte sich der Grube, in der die Leiche lag. Die Hände auf dem Rücken, beugte er sich weit vor. »Tscha, sieht nach einer Mafiatat aus: Leiche nackt. Schuss aus kurzer Entfernung direkt in die Stirn. Eine Hinrichtung, wenn Sie so wollen.« Vorsichtig kraxelte er in die Vertiefung hinunter und ging ächzend in die Hocke. Er nahm einen Arm des Toten in beide Hände, hob ihn an und ließ ihn fallen. Dann richtete er sich mit einem leichten Stöhnen auf und starrte eine Weile auf die nackte Gestalt hinab. »Ein ungewöhnlich schöner junger Mann, finden Sie nicht?«, sagte er zu Peter Heiland.

»Darüber hab ich noch nicht nachgedacht, aber jetzt, wo Sie es sagen ...« Der Kommissar reichte dem Doktor die Hand und half ihm aus der Grube.

»Lang liegt der nicht da drin, sonst hätte sich einiges Ungeziefer an ihm gütlich getan. Genaueres kann ich Ihnen sagen, wenn ich ihn auf meinem Tisch habe.«

Peter Heiland gab Anweisung, die Leiche abzutransportieren. Zwei Männer der Spurensicherung legten das Mordopfer in einen einfachen Blechsarg und trugen ihn zu dem schmalen Waldweg hinüber.

»Herr Grosni!«, rief Peter Heiland. Keine Reaktion. Der Kommissar sah sich suchend um. Der Ukrainer war spurlos verschwunden. Keiner der Polizeibeamten hatte gesehen, auf welchem Weg er sich davongemacht hatte.

Schon am nächsten Tag war klar, um wen es sich bei dem nackten Toten handelte. Seine Fingerabdrücke fanden sich in der Straftäterkartei: Leon Schubert, 29 Jahre alt, wohnhaft in Berlin-Moabit, Hartz-IV-Empfänger. Er war vor ein paar Monaten in eine Prügelei verwickelt gewesen, bei der ein Libanese schwer verletzt worden war.

»Warum liquidiert jemand einen Hartz-IV-Empfänger mit einem Kopfschuss und versteckt seine Leiche tief in den Brandenburger Wäldern – nackt, als wäre er ein Mafiaboss?« Peter Heiland hatte seine Mannschaft um sich versammelt. Er selbst saß auf der Fensterbank, Norbert Meier hatte sich weit in seinem Bürostuhl zurückgelehnt und die Füße auf den Schreibtisch gelegt. Er studierte die Fotos, die von der Spurensicherung gemacht worden waren.

»Das ist doch ein Schwuler«, sagte er mehr zu sich selbst als zu den anderen.

Jenny Kreuters lachte auf. »Das willst du auf den Fotos erkennen?«

»Was wetten wir?«, gab ihr Kollege zurück.

»Mit dir wette ich nicht«, gab sie zurück. »Da hab' ich jedes Mal verloren.«

Meier grinste. »Siehste!«

»Das wird man ja rauskriegen können«, sagte Peter Heiland. »Carl und Norbert, Ihr fahrt zu der Adresse in Moabit. Er wendete sich an Jenny: »Du hast doch gestern die Personalien von diesem Ukrainer aufgenommen.«

»Ja, der wohnt in einer Flüchtlingsunterkunft in Kleinmachnow. Adresse und Telefonnummer stehen hier.« Sie reichte dem Chef einen Zettel.

Heiland wählte die Nummer, die seine Kollegin notiert hatte. »Ich würde gerne Herrn Grosni sprechen«, sagte er nach kurzem Warten ins Telefon. »Wassyl Grosni«, präzisierte er und schob nach: »Hauptkommissar Peter Heiland, Landeskriminalamt Berlin.«

»Herr Grosni wohnt seit vier Wochen nicht mehr hier«, antwortete eine freundliche Frauenstimme.

»Haben Sie seine neue Adresse?«

»Nein, tut mir leid.«

Die Wohnung Leon Schuberts lag in einer Seitengasse der Beusselstraße in einem hohen Mietshaus oben im sechsten Stock. Meier stieg leichtfüßig die Treppe hinauf. Carl Finkbeiner geriet rasch außer Atem. »Ich kann dir nur empfehlen zu trainieren«, sagte Meier, als sein Kollege endlich auf dem letzten Treppenabsatz angekommen war, »zahlt sich aus.« Er selbst war bis vor zwei Jahren zu dick und körperlich wenig leistungsfähig gewesen. Aber seitdem er, unter der Aufsicht einer Trainerin, zwei Mal die Woche den Trimm-Dich-Pfad im Grunewald absolvierte und regelmäßig ins Fitnessstudio ging, hatte er nicht nur sichtbar abgenommen, er hatte auch seinen Lebensstil geändert, die Zahl der Feierabendbiere kräftig reduziert und den Ernährungsplan seiner russischen Sportlehrerin Valeska akzeptiert. Ob die schöne Trainerin mehr für ihn war als sein Personality-Coach, wie er sie nannte – darüber wurde in Kollegenkreisen gerätselt und gewitzelt, aber Meier antwortete auf alle Fragen immer nur mit »kein Kommentar!«.

Der Kriminaltechniker, der die Tür fachgerecht öffnen sollte, kam etwas verspätet. Er murmelte eine Entschuldigung, kniete vor der Tür nieder, prüfte das Schloss und pfiff durch die Zähne.

»Was ist?«, fragte Meier.

»So ein Sicherungssystem braucht doch kein Hartz-IV-Empfänger. Ihr habt doch gesagt, der sei so einer.«

Die beiden anderen nickten nur.

»Übrigens hat jemand versucht, die Tür aufzubrechen.«

»Was?«

»Ja, sieh mal: Das sind eindeutige Spuren. Aber gegen so ein Sicherheitssystem kommst du mit normalem Einbruchswerkzeug nicht an.«

Nach fünf Minuten hatte der Spezialist die Schlösser geknackt, die Tür schwang auf. Sie betraten eine kleine Zweizimmerwohnung. Das Licht fiel durch schräge

Dachfenster. Wieder pfiff der Techniker durch die Zähne. »So lebt heute also einer, der nur die paar Piepen Grundsicherung kriegt?«

Die beiden Räume waren mit teuren Designermöbeln eingerichtet: Couch und Sessel in weißem Leder, eine Radio- und Musikanlage, die locker eine vierstellige, wenn nicht gar fünfstellige Summe gekostet haben musste. Auch der Fernsehapparat war ein Spitzengerät. Der Fußboden feinstes Parkett. An den Wänden des Wohnzimmers hingen nur zwei Bilder: das Foto eines schönen jungen Mannes, nackt, wie Gott ihn geschaffen hatte, in einer stolzen Pose. Er glich dem Toten auf dem Foto des Waldgrabs. Das zweite Bild, ein Gemälde, zeigte einen einsamen Mann, der unter einer Kiefer am hohen Ufer eines Meeres stand und seinen Blick in die Ferne richtete. Caspar David Friedrich, konstatierte Finkbeiner.

»Wer soll das sein?«, fragte Meier.

»Der Maler des Bildes da.«

Das Schlafzimmer war, außer mit einem schmalen Kleiderschrank, nur mit einem riesigen Bett möbliert. Die Wände waren verspiegelt, ebenso die Decke. Das Badezimmer bestand aus weißem Marmor. Es war zu klein für eine Badewanne, aber die Dusche war dafür eine besondere Luxusausführung. Die Küche war ein Traum aus Stahl und Glas.

»Also arm war der nicht«, sagte der Techniker trocken, während er sein Werkzeug einpackte. »Mich braucht ihr wohl nicht mehr.«

Meier schüttelte den Kopf, legte dem Kollegen kurz die Hand auf die Schulter, sagte Danke und ließ sich auf die bequeme weiße Ledercouch fallen. Die Füße legte er auf den Glastisch davor, der bestimmt auch ein teures Designermodell war.

Unter einem der Dachfenster stand ein Schreibtisch aus Glas, im Stil dem Tischchen in der Couchecke angeglichen, auf dem außer einem eleganten Festnetztelefon nichts stand. Rechts und links wurde der Schreibtisch von zwei weißen Containern mit je vier Schubladen flankiert. Finkbeiner zog die erste heraus. Darin lag nur ein schmales, in schwarzes Leder gebundenes Buch. Er schlug es auf. »Offenbar sein Adressbuch.« Finkbeiner warf es zu Meier hinüber, der es geschickt auffing. Die zweite Schublade war leer. In der dritten lag ein Aktenordner. Der Kommissar blätterte ihn auf. »Seine Kontoauszüge.«

»Nehmen wir mit«, sagte Meier. »Vielleicht verraten sie uns, woher er das viele Geld für diese feine Einrichtung hatte. Obwohl …«

»Obwohl was?«

»Da wird man nicht lange suchen müssen. Der Typ hat garantiert als Nutte gearbeitet. Und wenn wir Glück haben, stehen da drin die Adressen und Telefonnummern seiner Kunden.«

In der untersten Schublade des linken Containers fand Finkbeiner ein DIN A4 großes Schulheft. Die beiden Fächer darüber enthielten nichts. In dem Schulheft waren verschiedene Vornamen verzeichnet, die jeweils mit Geldbeträgen ergänzt waren. Hinter dem Namen und dem Betrag stand jedes Mal ein Datum. Die Summen schwankten zwischen 200 und 750 Euro.

Carl warf auch das Heft seinem Kollegen zu. Der schnalzte mit der Zunge, als er die Auflistung sah. »Mannomann, in einer Woche kam der locker auf 4.000 Euro. Fleißiges Kerlchen muss ich sagen!« Meier sprang von der Couch auf, um sich an der weiteren Durchsuchung der Wohnung zu beteiligen. Er nahm sich den Schlafzimmerschrank vor. Von Mode verstand der Kommissar zwar nicht viel, aber dass es sich bei den Kleidungsstücken ausnahmslos um sehr teure Exemplare handelte, erkannte auch er.

Finkbeiner beschäftigte sich inzwischen mit dem Festnetztelefon. Er studierte das Display und begann, alle gespeicherten Nummern in seinen Notizblock zu schreiben.

Nach einer guten Stunde verließen sie die Wohnung. Meier klebte ein Polizeisiegel über Türschloss und Rahmen, dann stiegen sie durch das enge Treppenhaus hinunter zur Straße.

Den Nachmittag verbrachte das Team damit auszuwerten, was Finkbeiner und Meier gefunden hatten. Die Telefonnummern, die im Display des Apparats gespeichert waren, glichen zum Teil denen im Schwarzen Buch. Manche waren mit vollständigen Namen, andere nur mit Vornamen verbunden. Jenny Kreuters filterte jene heraus, die am häufigsten erwähnt waren.

Peter Heiland setzte eine Suchmeldung nach Wassyl Grosni auf, wobei er sich bemühte, eine möglichst genaue Personenbeschreibung zu formulieren.

2

Sie hatten sich gerade zum Abendessen hingesetzt, und Hanna hatte damit begonnen, dem kleinen Heinrich zu erklären, wie gesund Gemüse sei und warum man es unbedingt jeden Tag essen sollte, als es an der Haustür klingelte.

»Wer kann das sein?«, fragte Hanna.

Peter zuckte die Achseln und ging zur Gegensprechanlage neben der Wohnungstür. »Ja, bitte?«

»Hier ist Wassyl«, tönte es.

Peter war so überrascht, dass er zunächst gar nicht darauf antwortete.

»Wassyl Grosni«, kam es aus der Sprechanlage etwas lauter. »Ich habe frische Pilze für Sie. Heute Nachmittag gesammelt.«

Peter Heiland drückte auf den Türöffner und rief: »Dritter Stock!«

»Wer kommt denn?«, rief Hanna aus der Küche.

»Herr Grosni, der Ukrainer, von dem ich dir erzählt habe.«

Der Besucher kam schnell die Treppe herauf. In der Hand trug er einen Stoffbeutel. Peter stand in der Türöffnung, die er dank seiner Größe fast ausfüllte, und machte keine Anstalten, Grosni hereinzubitten. »Wir haben Sie gesucht«, sagte er.

»Ich war den ganzen Tag im Wald.«

»Sie haben bei der Aufnahme Ihrer Personalien eine falsche Adresse angegeben.«

Grosni lächelte. »Ja, das ist mir auch eingefallen. Passiert mir manchmal. Ich hab mich an die neue noch nicht gewöhnt. Entschuldigung!« Er wollte Peter den Stoffbeutel reichen. »Für Sie«, aber Heiland reagierte nicht darauf.

»Woher haben Sie meine Adresse?«

»Ganz einfach: Aus dem Telefonbuch.«

Hanna und Heinrich erschienen in Peters Rücken. »Willst du den Herrn nicht hereinbitten?«, fragte Hanna.

»Hallo«, krähte der Junge, »ich bin der Heinrich.«

»Hallo, Heinrich!«, antwortete der Mann im Treppenhaus mit einem freundlichen Lächeln.

Zögernd trat Peter Heiland zur Seite.

»Wollen Sie einen Happen mitessen?«, fragte Hanna freundlich.

Ihr Mann sah sie mit einem leisen Kopfschütteln an, widersprach aber nicht. So kam es, dass der Ukrainer wenige Augenblicke später mit am Tisch saß. Hunger habe er nicht, sagte er, aber wenn er ein Bier bekommen könnte …

Den Stoffbeutel mit den Pilzen hatte er auf die Spüle gelegt.

»Wie lange sind Sie schon in Deutschland?«, fragte Hanna, während Peter dem unwillkommenen Gast ein Bier eingoss.

»Erst ein paar Wochen. Ihrem Mann habe ich schon gesagt, dass ich meine ersten Lebensjahre hier verbracht habe.«

»Hier in Berlin?«

»Nein. In Sindelfingen. Mein Vater hat bei Daimler-Benz gearbeitet.«

»Lebt Ihr Vater noch?«

»Aber ja. Er ist 78 und putzmunter.«

»Ist er zurückgegangen nach Russland?«

»Nein. Er hat sich ein Häuschen in Dettenhausen gebaut, das ist in der Nähe von Sindelfingen. Mein Vater fühlt sich durch und durch als Deutscher. Seine Vorfahren stammten aus Deutschland. Er ist also Deutschrusse. Nur meine Mutter hat sich immer schwergetan, sie hält sich nach wie vor für eine Russin.«

»Und Sie? Immerhin sind Sie nach Russland zurückgegangen und waren dort sogar bei der Polizei?«

Peter Heiland sah seine Frau an. Er musste unwillkürlich schmunzeln. Sie hatte Grosni hereingebeten, weil sie, die eingefleischte Polizistin, ihn quasi verhören wollte.

»Nicht in Russland. In der Ukraine. Aber es stimmt schon, als wir weggegangen sind, gehörte die Ukraine noch zur großen Sowjetunion.« Wassyl Grosni hob sein Glas, deutete dabei eine Verbeugung an und nahm einen ersten Schluck. »Ich hatte den Rang eines Hauptmanns. Aber als die Russen die Krim okkupiert haben, habe ich den Dienst quittiert.«

»Warum? Sie hätten doch sicher in der Ukraine bleiben können.«

»Ja, da haben Sie recht. Aber es gab Umstände ...«
Er unterbrach sich. »Sie sollten die Pilze aus dem Beutel nehmen und zum Trocknen auslegen.«

Peter stand auf, ging zur Spüle und schüttete die Pilze auf die Metallfläche. »Und die sind alle ungiftig?«

Grosni lachte. »Ich bin Pilzspezialist.«

Als sich Peter Heiland an den Tisch setzte, fragte er: »Warum sind Sie denn heute Vormittag so klammheimlich verschwunden?«

»Wurde ich denn noch gebraucht?«

»Sie finden ein Grab, führen uns dorthin und gehen danach allen Fragen aus dem Weg, indem Sie einfach verschwinden – wie hätten Sie denn als Polizeibeamter darauf reagiert?«

Der Besucher legte den Kopf schief, legte die Stirn in Falten, kratzte sich am Hals und beugte sich dann zu Heinrich hinüber. »Was meinst du?«

»Weiß nicht«, sagte der Junge.

»Ich glaube, dein Papa hat recht. Ich habe mich blöd verhalten. Aber nun bin ich ja da.«

Peter Heiland sah den Ukrainer an. »Was bezwecken Sie eigentlich mit all dem?«

»Bezwecken?«

»Wenn Sie nichts bezwecken würden, hätten Sie uns von dem Grab berichtet, wir hätten alles festgehalten, und danach hätten Sie gehen können. Aber erst danach! Und warum tauchen Sie plötzlich wieder auf?«

Wieder wandte sich der Ukrainer an den kleinen Heinrich. »Weißt du, das ist so: Man kommt in ein fremdes Land, kennt niemanden und sucht Menschen, mit denen man reden kann.«

Der kleine Heinrich nickte ernst.

Peter lachte auf. »Und die sucht man dann ausgerechnet bei der Kriminalpolizei.«

»Warum nicht? Uns Kollegen verbindet doch immer etwas.«

Der Hausherr schüttelte den Kopf, sagte aber nichts dazu.

»Nehmen wir den umgekehrten Fall an: Sie kommen nach Kiew, versuchen dort Fuß zu fassen …« Grosni winkte ab und redete nicht weiter.

»Ich glaube Ihnen das alles nicht«, sagte Peter Heiland barsch. Er nahm das Bierglas und die leere Flasche und stellte beides in die Spüle. »Wie lautet Ihre aktuelle Adresse?«

»Ich schreibe sie Ihnen auf.« Grosni zog ein Notizblöckchen und einen Stift aus der Tasche, und während er schrieb, sagte er: »Es ist nur ein Zimmer, im Bentoweg 17 in Bernau.«

Peter Heiland steckte den Zettel ein. »Ich erwarte Sie morgen um zehn Uhr in meinem Büro. Soll ich Ihnen eine Vorladung ausschreiben?«

»Verstehe!«, sagte Grosni und stand auf. »Das hier war privat. Und wenn Sie sagen, Sie glauben mir nicht, kann ich nichts dagegen machen. Danke für das Bier. Lassen Sie sich die Pilze schmecken!« Er deutete eine Verbeugung an und verließ die Küche. Peter folgte ihm. An der Wohnungstür sagte Wassyl Grosni: »Wie sagt man bei Ihnen: Man sieht sich!«

Peter öffnete die Tür. Der Besucher ging hinaus, ohne dem Hausherrn die Hand zu geben. Als Peter zu seiner Familie zurückkehrte, sagte Hanna: »Der Mann macht mir Angst.«

»Mir nicht!«, rief Heinrich fröhlich.

3

Peter Heiland saß auf der Fensterbank im Zimmer der Kommissare. Seine Fersen schlugen in unregelmäßigem Takt gegen die hölzerne Abdeckung der Heizung. Er hatte bereits über den Besuch Grosnis in seiner Wohnung berichtet, als er seine Mitarbeiter nacheinander auffordernd ansah und fragte: »Also, was haben wir? Zuerst du, Jenny.«

»Ich habe die Auskünfte der Telekom eingeholt, mit wem Leon Schubert in den letzten acht Tagen telefoniert hat. Das ist die Liste.« Jenny hob ein Papier hoch.

»Norbert?«

»Ich hab alle Handyfirmen abgeklappert. Schubert hatte einen Vertrag mit O2.«

»Und?«

»Er hat mit 'ner Menge Leute telefoniert und E-Mails gewechselt. Die meisten tauchen in den Listen auf, die wir in seiner Wohnung gefunden haben.«

»Carl?«

»Ich hab, wie besprochen, alle Zeitungen und Zeitschriften durchsucht, in denen Schwule inserieren. Ein Profil, also ein Selbstporträt, wenn du so willst, passt haargenau zu Schubert. Die Anzeigenleitung des Schwu-

lenblattes war kooperativ. Langer Rede kurzer Sinn: Der
Inserent heißt Leon Schubert.«

Jenny meldete sich noch einmal: »Die Nummer, die am
häufigsten auftaucht, ist die eines Maik Salzbrenner. Der
Name erscheint aber nicht in den Kundenlisten, wenn wir
die mal so nennen wollen. Ich hab ihn angerufen. Als ich
sagte, dass Leon Schubert tot sei, drehte er total durch.
Wenn ich mich nicht sehr täusche, dann ist … dann war
dieser Salzbrenner der Lebensgefährte von Schubert. Ich
hab einen Termin mit ihm vereinbart.« Sie sah auf die Uhr.
»Und deshalb muss ich auch gleich los.«

»Wo ist es denn?«, fragte Carl Finkbeiner.

»Tiefenwerder«, las Jenny von einem Notizzettel ab.

»Und wo ist das?«

»Bezirk Spandau«, wusste der alte Berliner Norbert
Meier. »Tiefenwerder Wiesen, heißt das Gebiet. Es ist
der Rest einer ehemaligen Auenlandschaft. Heute zum
Glück Naturschutzgebiet. Nie was vom Berliner Klein-
Venedig gehört?«

Peter Heiland und Carl Finkbeiner schüttelten synchron den Kopf.

Jenny meldete sich wieder. »Er sei schwer zu finden,
hat Salzbrenner gesagt. Sein Hausboot liege an einem
Altarm der Havel, in der Nähe des Faulen Sees.«

»Das wird man finden«, sagte Meier.

»Ja, dann macht das am besten ihre beide zusammen«,
entschied Heiland.

Sie stellten den Dienstwagen auf einem Parkplatz am
Rand der wasserdurchzogenen Landschaft ab und

machten sich zu Fuß auf den Weg. Norbert Meier ging so schnell, dass Jenny Kreuters kaum mithalten konnte. »Musst du unbedingt bei jeder Gelegenheit zeigen, was für einen tollen Sportler diese Valeska aus dir gemacht hat?«, moserte Jenny.

Norbert Meier verlangsamte seinen Schritt. »Wir müssen gleich da sein.«

Jenny sah sich um. Eine weite Wiesenfläche breitete sich vor ihnen aus, an deren Rand standen dicht an dicht Weidenbäume mit Zweigen, die bis zur Erde hinabreichten. »Ich sehe weit und breit kein Wasser«, rief Jenny.

»Das wird sich gleich ändern.«

Tatsächlich führte der Wiesenpfad direkt auf eine schmale hölzerne Brücke zu, die einen träge dahinfliesenden, mit grünen Pflanzen bedeckten Bach überquerte. Auf einem verwitterten Wegweiser war mit etwas Mühe der Hinweis zum Faulen See zu erkennen. Ein Stück weit mussten sie dem Wasserarm folgen, wurden dann nach links durch dichtes Buschwerk auf eine weitere Auenwiese geführt, auf der eine Herde Wisente graste. »Man sollte nicht denken, dass das noch Berlin ist«, ließ sich Jenny hören.

»Du bist doch genauso Berlinerin wie ich. Bist du noch nie hier gewesen?«

»Meine Eltern hatten es nicht so mit der Natur, und bei mir ist es bis heute so. Typische Stadtpflanze eben.«

Noch einmal ging es durch ein kleines Gehölz. Dann trafen sie auf einen breiteren Havelarm, an dessen Ufer einige Boote lagen.

»Hier könnte es sein«, sagte Norbert Meier.

Auf einem fest am Ufer liegenden Floß sonnte sich eine junge Frau. Sie trug nur ein Bikinihöschen. Meier gab Jenny ein Zeichen. Er selbst ging rasch weiter und tat so, als habe er die halbnackte Schöne nicht gesehen.

»Hallo!«, rief Jenny, und als die Frau blinzelnd den Kopf hob: »Wissen Sie, wo ich Maik Salzbrenner finde?«

»Vier Boote weiter. So 'n Ponton Jazz mit Aufbau«, kam die Antwort.

»Danke!« Jenny schloss zu Norbert Meier auf.

»Ponton Jazz«, sagte der, »dann ist es leicht zu finden.«

Nach etwa 40 Metern entdeckten sie ein seltsames Gebilde aus Aluminium – eine Hütte mit rundem Dach, die auf einen großen hölzernen Unterbau montiert war. Starke Seile verbanden das Wohnboot mit zwei Pollern am Ufer. Ein schmaler Holzsteg überbrückte das Wasser zwischen Boot und Land. Aus der Aluminiumhütte drang klassische Musik. Jenny blieb einen Augenblick stehen. »Das klingt ja gewaltig«, sagte sie.

»Bombastisch würd' ich eher sagen«, gab ihr Kollege zurück.

Norbert Meier ging voraus über die Holzbrücke und brachte das Boot ein wenig zum Schwanken, als er es betrat. Die Musik verstummte. Die Tür zu der Hütte öffnete sich. Der Mann, der heraustrat, mochte 30 Jahre alt sein, gut 1,90 Meter groß und hatte eine dickliche Figur. Das bleiche Gesicht wirkte schwammig, die Augen sehr klein und stark gerötet wie bei einem Menschen, der lange geweint hat. Die schwarzen Haare, links gescheitelt, klebten am Kopf. Der Mann trug kurze Hosen aus Jeansstoff, darüber ein T-Shirt, das mit einem Gesicht bedruckt war, das offensichtlich dem toten Leon Schubert gehörte. Die nackten Füße steckten in Espadrilles. »Sind Sie von der Polizei?«, fragte er mit einer überraschend tiefen Stimme.

Meier nickte und Jenny sagte: »Ich habe mit Ihnen telefoniert.«

Salzbrenner sah sie an und nickte. »Wollen wir draußen reden? Ich hole drei Stühle raus.«

»Was war denn das für eine Musik, die Sie bis gerade gehört haben?«, fragte Jenny.

»Verdis Requiem«, ein melancholisches Lächeln glitt über sein Gesicht. »Passend zum Anlass, wenn Sie so wollen.«

Er ging in die Hütte zurück. Meier folgte ihm, um beim Stühletragen zu helfen. Überrascht sah er sich in dem Raum um, der viel größer wirkte, als er erwartet hatte. Die Einrichtung glich jener, die er in Schuberts Wohnung angetroffen hatte. Durch eine offene Tür fiel der Blick in ein schmales, aber sehr modern wirkendes Badezimmer. Daneben gab es eine zweite Tür, die vermutlich in die Schlafkabine führte.

»Wohnen Sie ständig hier?«, fragte der Kommissar.

»Nein. Ich habe eine Wohnung in der Stadt. Aber bei diesem Wetter benutze ich sie praktisch nicht.«

Direkt neben der Eingangstür waren Aluminiumstühle gestapelt. Meier griff sich die oberen drei und trug sie auf das Deck hinaus.

»Danke«, sagte Salzbrenner mit seiner tiefen Stimme.

»Möchten Sie etwas trinken? Ich kann uns einen Hugo mixen.«

»Gern, ich weiß zwar nicht …«

»150 Milliliter Prosecco, 100 Milliliter Mineralwasser, 30 Milliliter Holunderblütensirup, eine Viertel Limette, zwei Blätter frische Minze und zwei Eiswürfel.«

»Klingt gut«, rief Jenny, die den letzten Satz gehört hatte.

»Also, wenn Sie ein bisschen Geduld haben …« Salzbrenner verschwand in der Hütte.

Jenny und Norbert sahen sich an, grinsten und nahmen sich je einen Stuhl. Der blaue Himmel war durch Wolkenschleier, die leichten Gazevorhängen glichen, kaum merklich verdeckt. Aber es war nach wie vor ein wunderbarer warmer Sommertag, obwohl es schon September war.

Maik Salzbrenner kam mit einem Tablett, auf dem drei Gläser standen, zurück. Die beiden Kommissare griffen zu. Die Trinkhalme waren aus Glas.

Salzbrenner setzte sich den beiden gegenüber, schlug die dicken weißen Beine übereinander und sah den Beamten nacheinander fragend in die Gesichter.

»Gehen wir's direkt an«, begann Meier. »Waren Sie und Leon Schubert ein Paar?«

Ihr Gegenüber nickte nur, sagte aber nichts.

»Wie lange schon?«

»Zweieinhalb Jahre. Es war …« Salzbrenner schluckte, zog ein Taschentuch aus seiner Hosentasche, schnäuzte sich und holte tief Luft. »Es war eine außerordentlich intensive Beziehung.«

»Was hat denn Ihr … Ihr …«

»Sagen Sie ruhig ›Ihr Mann‹.«

»Ja, also, was hat Leon Schubert beruflich gemacht?«

»Er ist … er war am Flughafen Schönefeld beschäftigt. Was er da genau gemacht hat, weiß ich nicht. Er wollte nicht darüber reden, und wenn ich ehrlich bin, ich wollte es auch gar nicht so genau wissen.«

»Warum denn nicht?«, frage Jenny.

»Na ja, die Geschäftsleute … wie soll ich sagen? – Also die Leute, mit denen er zu tun hatte … na ja, die waren nicht so ganz mein Stil.«

Jenny und Meier sahen sich an. »Ihr Freund«, hob Meier an.

»Mein Mann!«

»Na gut, also Ihr Mann wurde auf eine Weise getötet, die für die Mafia typisch ist: durch einen aufgesetzten Kopfschuss und nackt …«

»Hören Sie auf! Hören Sie auf!« Plötzlich klang Salzbrenners Stimme hoch und grell.

Meier blieb gelassen. »Es ist nun mal so. Wir können die Fakten nicht ändern. Er wurde hingerichtet und nackt begraben, wie man das als Mafiamethode kennt.«

Salzbrenner sprang auf, rannte in seine Hütte, schlug die Tür hinter sich zu. Sie hörten ihn laut schluchzen. Jenny schüttelte den Kopf. »Was bist du doch manchmal für ein Grobian.«

Auch jetzt blieb Meier unbeeindruckt. »Hat schon manchmal 'ne Menge gebracht.« Er nahm sein Glas, zog das Glasröhrchen heraus und trank zwei, drei große Schlucke. »Echt gut das Zeug. Wenn er wieder halbwegs vernehmungsfähig ist, soll er uns noch mal ein Glas mixen.«

Nach ein paar Minuten erschien Maik Salzbrenner wieder an Deck. Noch unter der Tür sagte er: »Ich hab so oft zu ihm gesagt, mach bitte nichts Illegales.«

»Und was hat er darauf geantwortet?«, wollte Jenny wissen.

»Er hat nur gelacht.«

Meier erhob sich und ging ein paar Schritte auf dem schmalen Deck hin und her. »Und was machen Sie beruflich?«, fragte er plötzlich.

»Ich bin Musiker. Komponist. Im Wesentlichen schreibe ich Filmmusiken. Und ich arbeite zwischendurch als Barmann. Nicht, weil ich das nötig hätte, sondern weil es mir Spaß macht. Ein richtig guter Drink ist ja immer auch eine besondere Komposition.« Salzbrenner ließ sich auf seinem Stuhl nieder. »Eine Zeit lang hab ich an einer Bar am Flughafen gearbeitet. Dort haben wir uns kennengelernt. Leon saß mit so einem Angebertypen am Tresen, ganz links. Sie unterhielten sich sehr angeregt. Ich muss zugeben, ich habe die damals nicht aus den Augen gelassen, weil Leon … weil Leon …«

»Sie haben sich in ihn verliebt?«, fragte Jenny weich.

Salzbrenner hob den Kopf und sah der Kommissarin in die Augen. »Genau, es war Liebe auf den ersten Blick.«

»Bei ihm auch?«, wollte Meier wissen.

»Nein, ich habe lange um ihn geworben. Bitte! Ich mache mir keine Illusionen, Leon hatte andere Angebote, aber ich glaube, er hat eine gewisse Geborgenheit gesucht, einen Menschen, auf den er sich verlassen konnte, einen Mann, der immer für ihn da war.«

Jenny sagte: »Klingt schön!« Sie hoffte inständig, Norbert Meier werde jetzt nicht darüber sprechen, dass Schubert vermutlich als Prostituierter gearbeitet hatte.

»Dass Ihr Freund, 'tschuldigung Ihr Mann, als Prostituierter gearbeitet hat …«, kam es prompt von ihrem Kollegen.

Salzbrenner starrte Meier ein paar Augenblicke an, holte tief Luft und sagte: »Ach das! Mit uns hatte das nichts zu tun. Er erzählte offen davon, dass er sich damit gelegentlich etwas hinzuverdiente. Manchmal hab ich sogar zugeschaut …« Er schlug die Hand vor den Mund und sah Jenny an, als ob er sich bei ihr für das Gesagte entschuldigen wollte.

»Könnten wir vielleicht noch ein Glas von dem wunderbaren Getränk bekommen?«, sagte sie und lächelte Salzbrenner freundlich an.

»Aber natürlich!« Er stand auf, nahm die leeren Gläser und ging in die Kombüse hinein. Jenny folgte ihm. »Ich wollte gerne mal zuschauen, wie Sie das machen«, sagte sie. »Wenn es Sie nicht stört.«

Salzbrenner schüttelte nur den Kopf und begann, die Getränke zu mixen.

»Mein Kollege kann manchmal ziemlich grob sein.«

Salzbrenner hob die Schultern, sagte aber immer noch nichts. »Kennen Sie einen Wassyl Grosni?«, fragte Jenny unvermittelt.

»Nie gehört.«

»Ich versuche mal, ihn zu beschreiben: etwa 50 Jahre alt, kräftig, durchtrainiert. Er könnte auch jünger sein. Kantiges Gesicht. Kurze rote Haare, die nach allen Seiten abstehen. Die Augenbrauen sind über der Nasenwurzel zusammengewachsen und genauso rot wie die Kopfhaare.«

Salzbrenner stellte den Krug ab, aus dem er gerade die Gläser nachfüllen wollte. Eine steile Falte bildete sich auf seiner Stirn zwischen den Augen. »Ja, so einer war mal da. Vielleicht hieß er Wassyl, aber der Nachname – ich weiß nicht. Die beiden haben sich geduzt, und Leon hat mir den Mann nicht vorgestellt. Sie haben Russisch miteinander gesprochen, wenn ich mich recht erinnere.«

Erstaunt fragte Jenny: »Leon Schubert konnte russisch?«

»Er ist der Sohn von Russlanddeutschen. Sie sind in den 90er-Jahren nach Berlin gekommen. Da war er noch klein. Ich hab damals gedacht, dieser rothaarige Mann müsse ein Verwandter von Leon sein, aber als ich ihn gefragt habe, hat er mir darauf keine Antwort gegeben.« Salzbrenner seufzte. »So war er eben. Es gibt keinen verschwiegeneren Menschen. Und er liebte es, ein Geheimnis um sein Leben zu machen.« Salzbrenner goss die Gläser voll und stellte sie auf das Tablett. Jenny hielt ihm die Tür auf, sie gingen hinaus in die Sonne.

Meier sah ihnen entgegen. »Sie waren Barmann am BER?«, fragte er den Gastgeber, »aber der ist doch noch längst nicht fertig.«

»Aber es gehen vom alten Flughafen 'ne Menge Flüge«, antwortete Salzbrenner. »Und meine Kunden waren ja nicht nur Fluggäste, sondern auch Leute, die beim Bau des neuen Flughafens beschäftigt sind.«

Meier nahm einen Schluck. »Und Ihr Leon mittendrin.«

»Vielleicht. Ich hab ja dann Schluss gemacht mit dem Job. Nach Schönefeld bin ich nicht mehr gekommen.«

Es war früher Nachmittag, als Jenny Kreuters und Norbert Meier das Hausboot Salzbrenners verließen. Sie winkten ihm vom Ufer aus zu und machten sich auf den Rückweg. Schon nach den ersten Schritten sagte Jenny: »Leon Schubert und Wassyl Grosni haben sich gekannt.«

Meier blieb abrupt stehen. »Ehrlich?«

Jenny berichtete von dem kleinen Gespräch in der Kombüse des Hausboots.

»Das ist ja 'n Ding«, entfuhr es ihrem Kollegen. »Und der Schubert stammt tatsächlich aus Russland?«

»Seine Eltern, ja. Ob er selbst noch in Russland gelebt hat, weiß Salzbrenner nicht so genau.«

»Leben Leons Eltern in Berlin?«

»Keine Ahnung.«

Sie nahmen ihren Weg wieder auf.

»Es wird Zeit, dass wir diesem Grosni ordentlich auf den Zahn fühlen«, meinte Norbert Meier. »Wer weiß, was der für eine Rolle spielt?«

4

Am Nachmittag des gleichen Tages fuhren Heiland, Finkbeiner, Jenny Kreuters und Meier zum Flughafen Schönefeld. Mit Fotos des toten Leon Schubert begannen sie Kioskbesitzer, das Putzpersonal und die Betreiber von Bars und Imbissen zu befragen. Zuvor hatte sich Heiland bei der Polizeistation am Flughafen angemeldet. Zwei Kollegen unterstützten sie bei der Aktion.

In einem kleinen Restaurant, das witzigerweise durch einen Jägerzaun eingegrenzt war, hatte Peter Heiland als Erster Erfolg. »Den kenn' ich«, sagte ein Kellner und hämmerte mit dem Zeigefinger auf dem Foto Leon Schuberts herum. »Der saß oft dort drüben in der Bar. Manchmal hat er auch bei uns gegessen. Großzügiger Typ! Hat Trinkgelder gegeben, da könnt' sich mancher ein Beispiel nehmen.«

Peter Heiland ging zu der Bar hinüber und traf auf einen Mann Mitte 30. »Was darf's sein?«, fragte er. Peter Heiland schob die Fotos über den Tresen und legte seinen Polizeiausweis daneben.

»Dat is doch der Schubert!«, sagte sein Gegenüber, »was ist denn mit dem passiert?«

Peter Heiland erklärte es ihm.

»Da kriechts einem ja kalt den Rücken rauf!«

»War er öfter bei Ihnen?«

»So zwei, drei Mal im Monat vielleicht.«

»Er war Hartz-IV-Empfänger.«

Der Barmann lachte hell auf. »Der? Nie im Leben!«

»Haben Sie eine Ahnung, was er hier gemacht hat?«

»Jeschäfte eben!«

»Was für Geschäfte? Hat er Kunden aufgerissen? Er war schwul und hat als Prostituierter gearbeitet.«

Wieder lachte der Barmann. »Also hier hat er keenen ufjerissen. Da ging es um janz andere Jeschäfte.«

»Ach? Was denn für welche?«

»Na Geldjeschäfte, nem ick an. Aber so jenau wollt ick dit jar nich wissen.«

»Hat er sich denn immer mit dem gleichen Menschen getroffen?«

»Ne, det waren schon verschiedene, aber einer, so 'n großer Eleganter war fast immer dabei.«

»Können Sie ihn näher beschreiben?«

»Na ja, Haare schon ein bisschen angegraut, aber tief gebräunte Visage, meistens in so 'nem beigen Leinenanzug, Hemd mit Schillerkragen, den er so über die Revers gelegt hat. Vielleicht 60, vielleicht auch jünger.«

»Vielleicht schwul?«

»Möglich. Ick kenn mir da nich so aus.«

»Verstehe.« Peter Heiland beschrieb Wassyl Grosni und fragte: »Fällt Ihnen dazu was ein?«

Der Barmann kratzte sich am Kopf. »Könnte sein, dass so einer mal da war, aber sicher bin ick mir nicht.«

»Damit kann man nicht viel anfangen«, sagte Finkbeiner eine halbe Stunde später, als sie sich vor einer Imbissbude im Außenbereich des Flughafens trafen. Er und die anderen hatten weniger Glück gehabt als ihr Chef. Sie hatten niemanden gefunden, der sich an Schubert erinnert hätte. Peter Heiland beschloss, dass Jenny und Meier ins Präsidium zurückkehren sollten. Er selbst wollte zusammen mit Carl Finkbeiner nach Bernau fahren, in der Hoffnung, Wassyl Grosni dort anzutreffen.

»Was hältst du davon, wenn wir mal Kontakt zur Polizei in Kiew aufnehmen und fragen, ob es dort jemals einen Wassyl Grosni gegeben hat?«, fragte Norbert Meier.

»Gute Idee!« Peter Heiland ärgerte sich, dass er nicht längst selbst draufgekommen war, und das sagte er dann auch noch.

Meier grinste: »Nobody is perfect, Chef!«

Die beiden hatten seit der überraschenden Ernennung Heilands zum Chef der Mordkommission zunächst ein ziemlich gespanntes Verhältnis gehabt. Jeder im Präsidium hatte damit gerechnet, dass Meier zum Leiter der Abteilung ernannt würde, vor allem er selbst. Dass der Jüngere dann den Vorzug bekam, hatte Meier nie verstanden. Aber inzwischen hatte er sich damit arrangiert und erwies sich als loyaler Mitarbeiter.

Der Bentoweg lag an der Peripherie des Städtchens Bernau. Kleine schmucklose Häuser mit gepflegten Vorgärtchen reihten sich aneinander. Am Ende der Straße war der Saum eines Kiefernwaldes zu erkennen. Ein scharfer Wind wehte ihnen ins Gesicht, als die beiden Kommissare ausstiegen.

Das Haus Nummer 17 glich den anderen in der Reihe. Es war grau verputzt, hatte rechts und links der Eingangstür zwei Fenster und im ersten Stock ein Erkerfenster direkt über der Haustür. Als Finkbeiner und Heiland an das Gartentor traten, kam ein Schäferhund um die Hausecke gefegt und verbellte sie. Finkbeiner drückte auf die Klingel in der rechten Säule des Gartentors. Es dauerte eine ganze Weile, ehe sich die Haustür öffnete. Eine dicke Frau in einer Kittelschürze trat heraus und musterte die beiden Männer misstrauisch. »Was wollen Sie?«

Peter Heiland hielt seinen Polizeiausweis hoch. Die Frau trat näher, während sie den Hund anschrie: »Ruhe jetzt, verdammt noch mal!«

Das Tier kuschte und legte sich leise knurrend nieder.

»Landeskriminalamt, Peter Heiland. Das ist mein Kollege Finkbeiner. Wir wollen zu Herrn Grosni.«

»Da könn' Se grade wieder umkehren und zurück nach Berlin. Der liegt in der Charité.«

»Was denn? Gestern war er noch kerngesund.«

»Verkehrsunfall!« Die Frau drehte sich um. »Komm, Hasso!« Der Hund sprang auf.

»Wir hätten ein paar Fragen an Sie«, rief Peter Heiland.

»An mich?« Die Frau wendete sich den Kommissaren zu und zischte dabei ihren Hund an: »Sitz!«

»Seit wann wohnt Herr Grosni bei Ihnen?«

»Nicht lange. Acht Wochen. Warum?«

Heiland ging auf ihre Gegenfrage nicht ein. »Hat er manchmal Besuch bekommen?«

»Nein. Nie! Er war ja meistens gar nicht da. Ständig unterwegs. Aber fragen Sie mich nicht, was er treibt. Mit mir spricht er kaum. Aber er hat die Miete für ein Vierteljahr im Voraus bezahlt. Von sich aus, und sogar mehr, als ich verlangt habe.«

»Sie haben also keinen Mietvertrag mit ihm geschlossen?«

»Wenn Sie mir daraus einen Strick drehen wollen ...«

Finkbeiner unterbrach sie. »Wir sind von der Mordkommission und nicht vom Wirtschaftskontrolldienst.«

»Mordkommission?«

»Keine Angst, Herr Grosni ist nur ein Zeuge«, sagte Peter Heiland schnell. »Wissen Sie, was für einen Unfall er hatte?«

»Da vorne«, sie deutete die Straße hinunter, »wo der Kreisverkehr ist, wurde er angefahren. Sie können ja Ihre Kollegen fragen, die den Unfall aufgenommen haben.«

Finkbeiner lächelte die dicke Frau freundlich an: »Gute Idee!«

»Wissen Sie, wie Herr Grosni sein Geld verdient?«, fragte Peter Heiland.

»Keine Ahnung. Aber der muss vielleicht gar nichts verdienen. Der hat auch so genug.«

»Wär es möglich, dass wir uns sein Zimmer anschauen?« So, wie Peter Heiland die Frau einschätzte, wusste die genau, dass er dafür eigentlich eine richterliche Durchsuchungsanordnung gebraucht hätte.

Überraschend sagte sie: »Von mir aus« und fasste ihren Hund kurz am Halsband.

Das Zimmer lag unter der Dachschräge im ersten Stock: ein Bett, ein Schrank, ein kleiner Schreibtisch in dem schmalen Erker, der zur Straße hinausging. An der rechten Wand ein großer Kleiderschrank.

Die Hausbesitzerin blieb auf der Türschwelle stehen und sah zu, wie die beiden Kommissare das Zimmer begutachteten. Ihre Hände hatte sie in den Taschen der Kittelschürze versenkt.

Auf dem Schreibtisch lag eine Landkarte des Kreises Bernau. Ein Punkt war mit einem schwarzen Kugelschreiber eingekreist: die Stelle, an der sie das Grab gefunden hatten, vermutete Peter Heiland. Er fotografierte die Karte mit seinem Handy. Carl Finkbeiner öffnete die oberste Schublade des Schreibtisches. »Das geht jetzt vielleicht doch ein bissel zu weit!«, ließ sich die Frau hören.

»Wir haben's gleich«, antwortete Finkbeiner und zog zwei Pässe unter ein paar Fotos hervor.

»Sie haben gesagt, Sie wollen nur mal reinschauen.«

»Genau das machen wir.« Finkbeiner schob die Schublade zu. Dass er die beiden Pässe in seiner hinteren Hosentasche verschwinden ließ, bemerkte die Hausherrin nicht.

»Gehen wir!« Sie bedankten sich bei der Frau für ihre Freundlichkeit und verließen das Häuschen am Bentoweg in Bernau.

Die Polizeistation lag in der Siemensstraße, ein moderner zweigeschossiger Flachbau. Am Empfang wiesen sich die beiden Kommissare aus. Sie seien auf der Suche nach den Kollegen, die den Unfall am Bentoweg aufgenommen hätten.

»He, Haferkamp«, rief der Mann am Schalter nach hinten. »Kundschaft!«

Ein kleiner, untersetzter Mann in Uniform kam den Gang herunter. »Wer ruft mich?«

Heiland und Finkbeiner machten sich bekannt und wurden von dem Schutzpolizisten in ein kleines Büro gebeten, das er mit dem Kollegen teilte, der mit ihm gemeinsam den Unfall aufgenommen hatte.

»Das Opfer war auf dem Fahrrad unterwegs. Am Ende des Bentowegs, wo es in den Kreisverkehr reingeht, hat er vorbildlich den Fahrradstreifen genommen. Dass er angefahren wurde, ist völlig unverständlich. Platz ist da genug. Man könnte fast meinen, es sei mutwillig geschehen. Der Autofahrer hat Fahrerflucht begangen.«

»Ja«, sagte Heiland, »das würde passen.«

Die beiden Schutzpolizisten sahen ihn fragend an, und Peter Heiland nahm sich die Zeit, den Fall genau zu schildern, an dem sie arbeiteten.

»Von dem Leichenfund haben wir gehört«, sagte Haferkamp. Er grinste. »Unser Chef war ziemlich sauer, dass die Ermittlungen komplett an ihm vorbeiliefen.«

»Das tut mir leid«, sagte Heiland. »Man handelt völlig routinemäßig. Ich hätte daran denken müssen.«

»Zurück zu dem Verkehrsunfall«, sagte Finkbeiner entschieden.

»Wir haben nur zwei Zeugenaussagen, und die geben

nicht viel her. Das Fahrzeug war ein schwerer Sportwagen. Grün, sagt der eine Zeuge, und die zweite Zeugin meint blau. Das Kennzeichen haben sie sich natürlich nicht gemerkt. Aber beide waren sich einig, dass
der Fahrer den Radfahrer direkt angesteuert hat. Ein
glatter Mordversuch, wenn man so will.«

»Sonst irgendwelche Spuren?«

Der zweite Polizist kramte in einer Akte und brachte
ein paar Fotos hervor. »Da, sehen Sie, man kann genau
erkennen, wo der Fahrer von der Fahrbahn runter und
über den kleinen Grünsteifen direkt auf den Fahrrad-
weg rüber ist.«

»Sind da brauchbare Reifenspuren?«, fragte Heiland.

»Sicher, aber die haben wir nicht registriert.«

»Haben Sie denn die technischen Mittel?«

»Ja, logisch, wir sind bestens ausgerüstet. Man pro-
fitiert halt vom Aufbau Ost«, sagte Haferkamp grinsend.

»Dann sollten wir Ihren Chef um Amtshilfe bitten«,
ließ sich Finkbeiner hören.

»Wäre sicher kein Fehler.«

Die beiden Kommissare setzten sich in ihren Dienstwagen. »Also zur Charité?«, fragte Finkbeiner.

Peter Heiland nickte.

Carl Finkbeiner fuhr los.

»Was für eine Rolle spielt dieser Grosni verdammt
noch mal?«, knurrte Heiland.

»Ach, das hab ich ganz vergessen!« Finkbeiner ruckte
auf dem Fahrersitz nach vorne, zog die beiden Pässe

aus der hinteren Hosentasche und reichte sie Heiland hinüber.

»Wann hast du dir die unter den Nagel gerissen?«

»Hast du's nicht bemerkt?«

»Ne!«

»Die Vermieterin auch nicht. Hoffe ich wenigstens.«

»Das ist Diebstahl!«

»Ja, aber für einen guten Zweck!«

Peter Heiland blätterte den ersten Pass auf. Das Bild zeigte unverkennbar Grosni, geboren 1969 in Kiew. Der Kommissar legte den grauen Ausweis aufs Armaturenbrett und schlug den zweiten auf, der einen roten Umschlag hatte: Das gleiche Foto, aber ein ganz anderer Name, Hubert Schubert, geboren 1969 in Sindelfingen, Baden-Württemberg. »Das gibt's doch nicht«, rief Heiland so laut, dass Finkbeiner unwillkürlich auf die Bremse trat, rechts ranfuhr und anhielt.

Peter Heiland hielt seinem Kollegen den deutschen Pass direkt vor die Nase.

»Ist ja verrückt!«, sagte Finkbeiner. »Meinst du, die beiden sind miteinander verwandt – Leon und Wassyl?«

»Weiß der Himmel. Los, fahr! Wir müssen Grosni dazu fragen.«

In dem weitläufigen Gebäudekomplex der Charité mussten sie eine Weile suchen, bis sie das Zimmer fanden, in dem der Ukrainer lag – gelegen hatte, musste man sagen. Denn als sie dort ankamen, war das Bett leer. Eine Krankenschwester sagte, er habe sich selbst entlassen. Sei einfach gegangen, obwohl ihm das Gehen verdammt schwergefallen sei. Aber er habe sich um nichts in der Welt aufhalten lassen.

»Wir sind doch richtige Glückspilze«, sagte Carl Finkbeiner zu den Kollegen, als er und Peter Heiland im Büro eintrafen und von ihrem Missgeschick erzählten.

»Dafür haben wir ein paar Ergebnisse«, ließ sich Norbert Meier hören. »Die Gerichtsmediziner konnten das Geschoss sicherstellen, mit dem Leon Schubert getötet wurde. Und die Spurensicherung sagt, die passenden Reifen zu den Abdrücken aus dem Wald gehören zur Bereifung von Autos wie Ferraris und Maseratis oder ähnlichen schweren Boliden.

»Grosni wurde von einem schweren Sportwagen angefahren«, sagte Peter Heiland. »Aber wollen wir mal keine voreiligen Schlüsse ziehen.«

»Übrigens, die Kollegen in Kiew haben geantwortet«, meldete sich Meier erneut. »Einen Wassyl Grosni gab es dort mal. Er war tatsächlich auf der Krim, wurde aber unehrenhaft entlassen wegen irgendwelcher Korruptionsgeschichten. Ein genauerer Bericht soll folgen, aber das könne dauern, heißt es in der Mail, sie seien total überlastet.«

»Der Mann wird immer rätselhafter«, meinte Peter Heiland. »Schluss für heute!« Er stieg in den vierten Stock hinunter, wo seine Frau Hanna in der Hauptabteilung LKA 3, Wirtschaftskriminalität, Korruption, Umwelt/Verbraucherdelikte, Polizeidelikte arbeitete. Sie musste noch einen Bericht zu Ende tippen. Und da sie sich nun beeilte, vertippte sie sich umso häufiger.

Schließlich verließen sie das Landeskriminalamt und fuhren gemeinsam zur Kita, um den kleinen Heinrich abzuholen.

Der Anruf kam kurz vor Mitternacht. Peter Heiland schlief tief und hatte Mühe, zu sich zu kommen. »Sie haben mein Zimmer durchsucht.« Es war unverkennbar Wassyl Grosnis Stimme.

»Ach Sie sind's«, sagte Peter Heiland verschlafen ins Telefon.

»Ich war eigentlich bereit, mit Ihnen zusammenzuarbeiten, aber so geht man mit einem Partner nicht um.«

»Jetzt mal langsam!«

»Ab jetzt können Sie nicht mehr mit mir rechnen.«

Peter Heiland lachte, »das konnten wir bisher auch nicht. Ihr blödes Katz-und-Maus-Spiel hat uns nur Zeit und unnötige Arbeit gekostet.«

»Ich hätte Ihnen den Täter auf dem silbernen Tablett serviert. Aber nun ist es zu spät.«

Grosni legte auf.

Hanna, die vom Klingeln des Telefons wach geworden war, richtete sich auf. »Wer war das?«

»Grosni.«

»Und was wollte er?«

»Tja, wenn ich das wüsste.« Peter Heiland blieb bewegungslos auf der Bettkante sitzen. Die Vermieterin hatte sie nicht benachrichtigt, dass der Ukrainer wieder aufgetaucht war. Aber das war schnell zu erklären. Mit Geld war jemand wie sie leicht zu beeinflussen. Peter Heiland war klar, dass Grosni seine Bleibe in Bernau inzwischen verlassen und sich eine andere Unterkunft gesucht hatte.

Hanna fragte noch mal: »Sag doch, was hat er gewollt?«

Peter Heiland gab das Gespräch fast im Wortlaut wieder.

»Hast du nicht erzählt, ihr hättet einen Pass auf den Namen Schubert bei ihm gefunden?«

»Ja, das stimmt.«

»Was ist nun, wenn er mit dem Ermordeten verwandt ist?«

»Also eine Ähnlichkeit habe ich nicht festgestellt. Aber es könnte natürlich trotzdem sein. – Versuchen wir noch eine Runde zu schlafen.«

5

Ja, ihr Mieter sei gestern noch mit Sack und Pack ausgezogen, sagte die dicke Frau, als Carl Finkbeiner, den Heiland in aller Frühe darum gebeten hatte, sie möglichst früh aufzusuchen, gegen neun Uhr vor ihrem Gartentor stand.

»Wann war das?«

»Um sechs Uhr am Nachmittag. Ich weiß das so genau, weil bei uns die Kirchenglocken immer noch um sechs Uhr läuten.«

Finkbeiner nickte. »Ich kenne das von Zuhause. Wissen Sie, wo Herr Grosni hingegangen sein könnte?«

Die Frau schüttelte den Kopf. »Ich hab Ihnen schon mal gesagt, dass er mit mir praktisch nicht geredet hat.«

»Er muss doch ziemlich verletzt gewesen sein.«

»Das schon. Aber ich glaube, der ist hart im Nehmen.«

»Wie ist er weggekommen? Wurde er abgeholt?«

»Ja, mit 'nem Taxi.«

»Ein Taxi aus Bernau?«

»Ja, meinen Sie, der hat sich eines aus Berlin kommen lassen?«

»Wäre doch möglich.« Finkbeiner beugte sich zu dem

Hund hinunter und kraulte ihn hinter einem Ohr. Das Tier hatte ihn inzwischen akzeptiert.

»Aber teuer!«, sagte die Frau.

»Da haben Sie auch wieder recht.« Der Kommissar bedankte sich und stieg in seinen Dienstwagen. Auf dem Handy suchte er die Taxizentrale in Bernau und fand die Adresse: Elbestraße 110. Sein Navigationsgerät führte ihn in fünf Minuten zum Ziel. Eine junge Frau versah dort den Bürodienst. Sie war gerade dabei, einem ihrer Fahrer das Ziel für seine nächste Fahrt durchzugeben, als Finkbeiner den schmalen Raum betrat. Er legte seinen Dienstausweis neben das Telefon und wartete. »Ja, bitte?«, sagte die junge Frau, als sie ihr Gespräch beendet hatte.

»Gestern gegen 18 Uhr muss ein Wagen in die Bentostraße 17 bestellt worden sein.«

»Ich kann nachsehen.« Die Frau wendete sich ihrem Computer zu und sagte schon ein paar Augenblicke später: »Stimmt. Ich hab den Wagen 7 hingeschickt.«

Finkbeiner lächelte sie an. »Jetzt wär's ganz toll, wenn ich mit dem Fahrer sprechen könnte.«

Die junge Frau beugte sich über ein Mikrofon, das mit ihrem Computer verbunden war, drückte einen Schalter und rief. »Fred, wo bist du grade?«

»Am Stand am Bahnhof.«

»Kann ich mit ihm sprechen?«, fragte Finkbeiner.

»Da ist ein Kommissar vom Landeskriminalamt Berlin. Der würde gerne mit dir reden.«

»Kann er auf meine Kosten hierherkommen?«, fragte Finkbeiner dazwischen.

»Hast du grade 'ne Fahrt?«

»Nö. Tote Hose. Vor mir stehen noch drei.«

»Dann komm her. Der Kommissar bezahlt die Fahrt.«

»Okay, verstanden!«

Carl Finkbeiner wollte der jungen Frau ein Kompliment machen, wie professionell sie das alles managte, aber da kam eine neue Bestellung herein, die sie blitzschnell aufnahm und an einen Chauffeur vermittelte.

»Warum wollen Sie denn mit dem Fahrer reden?«

Sie stand auf und strich ihren kurzen Rock glatt. Finkbeiner schätzte sie auf 25. Ihre rötlich-braunen Haare schmiegten sich in Hunderten Löckchen um ihr rundes Gesicht, das mit Sommersprossen übersät war.

»Haben Sie von dem Mordfall im Grundauer Forst gehört?«

»Im Internet hab ich was drüber gelesen.«

»Der Mann, den ich suche, ist ein wichtiger Zeuge.«

Die Frau setzte sich auf die Kante ihres Schreibtisches und schlug ihre Beine übereinander. »Stimmt es, dass der Tote splitternackt in einem Grab im Wald lag?«

Finkbeiner nickte. »Ein ausgesprochen schöner junger Mann.«

»Und weiß man schon, wer es ist?«

Finkbeiner nickte. »Er heißt Leon Schubert. Haben Sie den Namen schon mal gehört?«

»Wie kommen Sie darauf?«

»Könnte doch sein, dass er mal ein Taxi bei Ihnen bestellt hat.«

Sie schüttelte den Kopf, dass die Locken flogen. »Den Namen hätte ich mir gemerkt.«

»Ach ja, wegen Franz Schubert?«

»Nein, wegen Olaf Schubert, dem Typen aus der Heute-Show.«

Ein Taxi fuhr vor. Durch die Glastür war zu sehen, wie ein älterer Mann ausstieg und in langsamen Schritten auf das Büro zukam. Er stieß die Tür auf und ließ sich ächzend auf einen Stuhl vor dem Schreibtisch fallen. »11,80 Euro«, schnaufte er.

Finkbeiner reichte ihm 15 Euro. »Stimmt so. Ich brauche aber eine Quittung.«

»Mach ich.« Der Chauffeur zog einen Quittungsblock aus der Innentasche seiner Jacke. »Genügt Stadtfahrt?«

Finkbeiner nickte.

Der Fahrer begann langsam zu schreiben, während er sagte: »Also lang mach ich das nicht mehr. Ich hab's im Kreuz und dann dieses Asthma.«

Die junge Frau lächelte und legte ihm kurz ihre Hand auf die Schulter. »Das höre ich schon seit drei Jahren von dir, Fred.«

Finkbeiner nahm die Quittung entgegen. »Der Mann, den Sie gestern gegen 18 Uhr in der Bentostraße abgeholt haben, wo wollte der hin?«

»Bin ich da auskunftspflichtig?« Die Frage des Taxifahrers ging an die junge Frau, die nur mit den Achseln zuckte.

»Ja, das sind Sie«, sagte Finkbeiner. »Ich ermittle in einem Mordfall.« Das war zwar keine juristisch hinreichende Erklärung, aber dem Fahrer schien sie zu genügen. »Ich hab ihn nach Berlin gefahren. Zum Hauptbahnhof.«

Die Enttäuschung war Finkbeiner anzusehen. »Wie hat er denn auf Sie gewirkt?«

»Ziemlich angeschlagen. Er humpelte und hatte einen Verband um den Kopf. Haben Sie einen Unfall gehabt?, hab ich ihn gefragt. Aber er hat mir keine Antwort gegeben. Aber das war mir wurscht. War ja 'ne gute Fahrt, und er hat sogar noch was draufgelegt.«

Carl Finkbeiner verabschiedete sich.

Anschließend fuhr er in die Elbestraße. Die Kollegen dort hatten gute Arbeit geleistet. Finkbeiner erhielt gleich mehrere Reifenabdrücke und tütete sie sorgfältig ein. Er wollte schon gehen, als der Polizeiobermeister Lamparter sagte: »Wir haben mal rumgefragt. Alle Kollegen, die regelmäßig auf Streife sind. Einigen von ihnen ist so ein schwerer Sportwagen aufgefallen. In Grün. Drei hielten ihn für einen Maserati, einer für einen Porsche Cayenne.« Er grinste. »Wahrscheinlich hat die Mehrheit recht.«

»Mensch, das war ja eine klasse Idee!«, sagte Finkbeiner.

»Nu, wir sind ja auch nicht auf den Kopf gefallen. Ein Kollege hat Passanten befragt. Den Maserati haben zwei oder drei Leute in der Gegend gesehen. Einer meinte, er gehöre einem reichen Russen. Davon gibt's ja jetzt immer mehr hier herum. Alles ein bisschen vage.«

»Konnte sich jemand ans Kennzeichen erinnern?«

»Nein, leider nicht.«

»Könnte trotzdem gut sein, dass uns das weiterhilft«, sagte Finkbeiner.

»Na, umso besser. Wir bleiben weiter auf dem Quivive.«

»Kein Zweifel, die sind identisch«, sagte der Chef der Spurensicherung, als er die Abdrücke aus Bernau mit denen aus dem Waldstück verglich, in dem sie die Leiche Leon Schuberts gefunden hatten.

»Könnten sie zur Bereifung eines Maseratis passen?«, fragte Peter Heiland.

»Ja, von der Breite der Reifen durchaus, aber natürlich zu ein paar anderen Typen auch.«

6

Peter Heiland hatte seine Mannschaft zu einer Besprechung im Zimmer der Kommissare versammelt. Inzwischen habe sich die Staatsanwältin Doktor Meineke gemeldet, berichtete er. Der Fall spielte in der Boulevardpresse eine große Rolle. Kein Wunder. Das Mordopfer, das auf so spektakuläre Weise ins Jenseits befördert und auch noch nackt begraben worden war, regte die Fantasien der Journalisten an. Da sie an keine Fotos kamen, illustrierten sie ihre spekulativen Artikel mit Zeichnungen, die alles, was Fotografien hergegeben hätten, weit überboten. Und natürlich bedrängten die Journalisten die Staatsanwaltschaft und die Polizeiführung mit ihren Fragen nach den Ermittlungserfolgen.

Peter Heiland blieb, wie immer in solchen Fällen, ruhig und gelassen. »Von uns redet niemand mit einem Pressevertreter, dass das klar ist«, sagte er gerade, als ein Kollege von der 2. Mordkommission hereinkam.

Hauptkommissar Timo Beutler entschuldigte sich: »Ich störe ungern. Aber wir haben einen Fall, der könnte am Rande mit eurem nackten Schönling zu tun haben.«

»Aha. Und warum?«, fragte Heiland.

»Spielt auch im Schwulenmilieu.«

»Schwieriges Terrain«, urteilte Norbert Meier.

»Wie man's nimmt.« Beutler setzte sich auf einen freien Stuhl. »Der Täter ist geständig.« Er warf ein paar Fotos auf den Tisch. »Moritz von Wetzstein, Film- und Fernsehproduzent.«

»Echt jetzt?«, rief Jenny Kreuters. »Den kennt man doch.«

Meier hatte sich über seinen Computer gebeugt. »Moment! Moment! Da! Ich hab ihn! Es hat doch gleich bei mir geklingelt, als der Name fiel. Ein Kunde von Leon Schubert. Ein ziemlich regelmäßiger Kunde sogar.«

»Und der Mann hat gestanden?«, fragte Peter Heiland.

»Ja. Er plädiert auf Notwehr. Der Stricher, den er mit nach Hause genommen hat, habe ihn bedroht und 20.000 Euro verlangt, sonst werde er der Presse alles erzählen. Von Wetzstein gibt an, nur gelacht zu haben. Jedermann wisse, dass er schwul sei. So eine Drohung mache bei ihm überhaupt keinen Sinn. Er habe den Strichjungen gepackt und rauswerfen wollen. Aber da habe der plötzlich ein Messer in der Hand gehabt. Wetzstein gibt an, er habe daraufhin gesagt: Gut, ich gebe dir die Kohle, sei an seinen Schreibtisch gegangen, wo er zwar kein Geld, aber eine Pistole aus der Schublade zog. Der Stricher sei ausgeflippt und mit dem Messer auf ihn zugerast. Ihm sei nichts anderes übrig geblieben, als zu schießen.«

»Und ihr glaubt ihm das?«, fragte Meier.

»Die Spurensicherung arbeitet noch. Ein Messer haben die gefunden. Auf dem Griff waren die Fingerabdrücke des Toten drauf. Die Personalien des Strichers sind noch nicht klar. Er hatte keine Papiere bei sich.«

»Und den Tod des Mannes hat der Filmproduzent selbst gemeldet?«

»Ja, genau.«

»Ich würde gerne mit ihm reden. Glaubst du, das geht?«

»Warum nicht. Der Herr ist sehr kooperativ.«

Moritz von Wetzstein war ein hochgewachsener, schlanker Mann um die 60. Er trug eine weiße Hose und einen blauen Blazer, ein auberginefarbenes Hemd ohne Krawatte, dazu leichte Schuhe aus feinem hellen Leder. Über zwei erstaunlich blauen Augen wölbten sich buschige graue Brauen. Sein straffes Gesicht war gebräunt. »Man hat mir schon gesagt, dass Sie in einem Mordfall ermitteln«, begrüßte er Peter Heiland, als der den Verhörraum betrat.

Peter nickte. »Und wie wir ermitteln konnten, ist Ihnen das Opfer bekannt.«

»Ach? Was Sie nicht sagen.« Das kam eher beiläufig als erstaunt.

»Leon Schubert.«

»Wer ist das?«

»Der junge Mann, mit dem Sie insgesamt 17 Mal zusammengetroffen sind.« Heiland versuchte, so neutral wie möglich zu sprechen. »Er hat genau Buch darüber geführt. Auch über die Zahlungen, die Sie an ihn geleistet haben.«

Wetzstein schüttelte missbilligend den Kopf. »Man kann keinem Menschen mehr trauen. Wir hatten absolute Verschwiegenheit vereinbart, und der Junge hat glaubhaft auf mich gewirkt. Er war übrigens der Einzige, der niemals verlangt hat, ich solle ihm eine Rolle in einem Film oder einem Fernsehspiel verschaffen.«

»Sie haben ihn also gekannt.«

»Na ja, wie man eben jemanden kennt, der einem von Zeit zu Zeit – sagen wir mal: zu Diensten ist.«

»Sie haben also keine Ahnung, was er sonst gemacht hat?«

»Nein. Würden Sie – ich nehme an, Sie sind heterosexuell – würden Sie eine Prostituierte fragen, was sie sonst so macht?«

Peter Heiland hob die Schultern. »Ich habe diesbezüglich keine Erfahrungen.«

»Wie ist er denn …?« Moritz von Wetzstein räusperte sich. »Wie ist er denn umgekommen?«

»Er wurde erschossen. Aus nächster Nähe und nackt begraben wie ein Mafiamitglied.«

»Entsetzlich! So ein junger Mann!«

Heiland musterte den Filmproduzenten. Ob ihn das Ende Leon Schuberts wirklich berührte, war nicht zu erkennen.

Der Kommissar erhob sich und bat den Vollzugsbeamten zu öffnen.

Als Peter Heiland ins Büro zurückkam, empfing ihn Norbert Meier mit der Neuigkeit, die Suchanzeige nach Wassyl Grosni sei erfolgreich gewesen. Der Ukrainer sei in irgendeinem Nest in Schwaben. Meier sah in seinen Notizen nach. »Dettenhausen heißt der Ort.«

Peter nickte. »Kenn ich. Ich war mal da. Ist aber lange her. Mein ehemaliger Chef ist nach seiner Pensionierung dort hingezogen. Ich glaube, er wurde in dem Dorf geboren. Wassyl Grosni ist also bei seinen Eltern untergekrochen.«

»Bei seinen Eltern?«

»Ja, neulich, als er abends bei uns war, hat er erzählt, dass sein Vater in Sindelfingen bei Daimler-Benz gearbeitet und sich in Dettenhausen ein Häuschen gebaut habe.«

»Und was machen wir jetzt?«, fragte Finkbeiner. »Wir können ihn ja nicht festnehmen und überstellen lassen.«

»Ich fahre am Wochenende hin«, entschied Peter Heiland spontan.

»Hä?«, machte Meier. »Die Dienstreise genehmigt dir doch keiner.«

»Deshalb fahre ich ja am Wochenende, und zwar auf eigene Faust und Rechnung. Ich wollte sowieso meinen Großvater mal wieder besuchen. Da schlag' ich zwei Fliegen mit einer Klappe.«

Peter Heiland, der als kleines Kind zur Vollwaise wurde, als seine Eltern bei einem Verkehrsunfall ums Leben gekommen waren, und danach bei seinen Großeltern aufgewachsen war, hing sehr an seinem Opa. Der hatte sich, nachdem seine Frau früh verstorben war, allein um die Erziehung seines Enkels gekümmert. Die beiden entwickelten ein ungewöhnlich inniges Verhältnis zueinander. Jetzt ging Großvater Heinrich, den alle nur Opa Henry nannten, auf die 90 zu, hatte zunehmend gesundheitliche Probleme und schaffte es deshalb nur noch selten, nach Berlin zu kommen.

»Find ich toll, wie du dich um deinen alten Opa kümmerst«, sagte Jenny Kreuters.

»Toll war, wie er sich um mich gekümmert hat, und das fast mein ganzes Leben lang.« Peter Heiland setzte sich auf die Fensterbank und begann seinen Bericht über das Gespräch mit Moritz von Wetzstein.

Am Abend erzählte Peter Heiland seiner Frau und seinem kleinen Sohn, dass er am Wochenende nach Schwaben fahren werde, um den Opa zu besuchen und beiläufig den Versuch zu machen, Wassyl Grosni zu finden. Riedlingen, wo Opa Heinrich wohnte, sei ja nicht gar so weit weg von Dettenhausen.

»Da fahren wir doch mit«, sagte Hanna spontan.

»Au ja!«, rief der kleine Heinrich begeistert.

7

Sie fanden Platz in einem Abteil, in dem außer ihnen nur ein junger Mann saß, der einen Laptop auf den Knien hielt, zwei Stöpsel in die Ohren gesteckt hatte und die kleine Familie nicht wahrzunehmen schien. Er blieb bis Mannheim sitzen, ohne den Kopf zu heben – zumindest erschien es Peter Heiland so, nickte der Familie Heiland aber freundlich zu, als er das Abteil verließ.

Von Berlin bis Fulda spielten sie Mau-Mau. Bis Frankfurt las Hanna Heinrich aus seinem Lieblingsbuch »Wo die wilden Kerle wohnen« vor, sie wusste nicht, zum wievielten Mal. Der Junge kannte jedes Wort und jedes Bild ganz genau. Manchmal übersprang Hanna bewusst einen Satz, was sofort Heinrichs Protest hervorrief.

In Stuttgart stiegen sie aus, quälten sich durch den überfüllten Bahnhof, der ihnen wegen des größten, teuersten und unsinnigsten Bauprojekts der Bundesbahn, genannt: Stuttgart 21, einen wahren Hindernislauf abverlangte.

Mit einem Mietwagen ging es weiter. Die Straßen um den Bahnhof waren verstopft. Riesige Lastwagen, die zu den diversen Bahnbaustellen fuhren oder von dort mit Abraum zu den Schutthalden unterwegs waren, verstopften den ohnehin schon dichten Verkehr im Kessel der Stadt. Erst als sie bei Degerloch auf die Filderhöhe kamen, atmete Peter Heiland am Steuer durch.

Sie hatten sich in Dettenhausen im »Gasthof zur Alten Post« ein Zimmer gemietet und wurden von einer freundlichen Wirtin begrüßt, die ihnen ein schönes Zimmer mit Blick auf den alten Dorfkern und die Kirche anwies. Peter Heiland hatte den Ort nicht nur wegen Wassyl Grosni gewählt, sondern auch, weil er wusste, dass sein alter Chef, Ernst Bienzle, aus dem Dorf stammte und auf seine alten Tage dort ein kleines Häuschen gemietet hatte.

Bienzle und Peters Opa Henry kannten sich seit den Jahren, als Peter als junger Polizeibeamter im Landeskriminalamt angefangen hatte. Der Großvater hatte es sich damals nicht nehmen lassen, die Arbeitsstelle seines Enkels höchstpersönlich zu überprüfen. Der Hauptkommissar Ernst Bienzle, damals unter anderem für Personalfragen zuständig, hatte so etwas noch nie erlebt. Normalerweise unterzog man als Arbeitgeber den Berufsanfänger einer Prüfung. Dass Heinrich Heiland den Spieß umdrehte, irritierte den Beamten im Landeskriminalamt, wo Peter Heiland sein erstes Praktikum machen sollte, aber er ließ sich zunehmend amüsiert darauf ein, von dem alten Revierförster aus Riedlingen in ein richtiges Verhör genommen zu werden. Daraus resultierte zwar keine Freundschaft, aber doch eine Bekanntschaft, welche die beiden Männer immer wieder auffrischten. Und so kam es, dass Heinrich Heiland an diesem Wochenende bei dem pensionierten leitenden Hauptkommissar Ernst Bienzle und dessen Frau Hannelore wohnte, während seine Verwandtschaft aus Berlin nur gute 100 Meter entfernt im Hotel logierte. Heinrich Heiland war vom Sohn eines alten Freundes nach Dettenhausen chauffiert worden, der sich auch bereit erklärt hatte, den alten Mann wieder abzuholen.

Am Abend aßen sie alle zusammen in der »Alten Post«. Der Wirt, der aus Sizilien stammte, war ein exzellenter Koch und kredenzte einen wunderbaren Wein aus seiner Heimat. Hanna allerdings hätte lieber schwäbisch gegessen. Gute Italiener gab es in Berlin mehr als genug.

Am nächsten Vormittag begaben sich Peter Heiland, seine Frau Hanna und der kleine Heinrich zusammen mit Opa Henry auf einen Spaziergang durchs Schaichtal. Der Großvater war nicht mehr gut zu Fuß, stützte sich schwer auf seinen Stock und musste immer wieder Pausen einlegen. Zum Glück standen am Weg, der in dem idyllischen Tal den mäandernden Windungen des Baches folgte, Ruhebänke. Das Wetter war mild. Nur ein leichter Wind rauschte in den Buchen und Tannen, die links und rechts des Weges an steilen Hängen emporwuchsen.

»Es strengt mich halt doch a bissle an«, sagte Opa Henry.

»Hör mal«, rief Hanna, »für dein Alter bist du doch fit!«

»Trotzdem, lang mach ich's nimmer.«

Peter erinnerte sich, wie sie bei seinem letzten Besuch in Riedlingen, als Henry schwer krank in der Klinik lag, über Alter, Krankheit und Tod geredet hatten. »Ich hab viel drüber nachgedacht«, hatte der Opa damals gesagt. »Zum Sterben muss man sich entschließen. Man muss wissen, wann's genug ist. Und wenn man das weiß, kann man selbst entscheiden: Jetzt ist es Zeit!«

»Du musst aber weiterleben, Opa. Schon meinetwegen und wegen Hanna und wegen des kleinen Heinrichs. Wir alle brauchen dich!«, hatte Peter Heiland nachdrücklich gesagt. Er sah es noch vor sich, wie daraufhin ein Lächeln über das alte Gesicht huschte. »Du meinst also, ich soll mich noch a bissle anstrengen?«

»Net bloß a bissle«, hatte der Enkel geantwortet.

Peter Heiland hatte damals den behandelnden Arzt, der ein alter Schulfreund von ihm war, gefragt: »Glaubst du, wenn einer sich vornimmt zu sterben, der schafft es dann auch?«

Der Mediziner hatte geantwortet: »Im Alter deines Großvaters kann das durchaus sein. Das habe ich schon mehr als einmal erlebt, und ich denke, es ist auch jedermanns gutes Recht.«

Opa Henry hatte sich dann tatsächlich angestrengt und war wieder gesund geworden. Seitdem waren fast zwei Jahre vergangen, und der alte Mann war sogar noch einmal zu einem längeren Besuch in Berlin gewesen. Inzwischen aber traute er sich eine solche Reise nicht mehr zu.

Sie setzten sich auf eine Bank dicht am Bach unter eine Weide, deren überhängende Zweige wie das Dach eines hellen Gewölbes wirkten.

»Du bist doch nicht bloß meinetwegen gekommen«, sagte Opa Henry plötzlich.

»Nein. Ich hab dir doch schon am Telefon gesagt, dass mich unser derzeitiger Fall hierher führt.«

»Hab ich vergessen. Ich vergess' überhaupt in letzter Zeit so ziemlich alles. Bloß an meine Kinderzeit erinnere ich mich noch ganz gut. Erzähl doch, was ist das für ein Fall?«

Peter Heiland berichtete ausführlich von seinen Ermittlungen. Er wusste, wie sehr sich sein Großvater für seine kriminalistische Arbeit interessierte. Manchmal hatten seine Klugheit und sein gesunder Menschenverstand sogar geholfen, den einen oder anderen Fall zu lösen.

Am Ende sagte Opa Henry: »Weißt, was ich glaub?«

Peter sah ihn nur fragend an.

»Dieser Ukrainer – wie heißt er doch gleich …?«

»Wassyl Grosni.«

»Ja, der. Der hat bloß rauskriega wolle, was ihr wisst. Und der hat nix anders im Sinn g'habt, als den Mörder zu erpressen. Wahrscheinlich ist der reich genug, dass ziemlich viel rausspringa könnt' für so einen Erpresser. Allerdings …« Opa Henry legte seinen rechten Zeigefinger an die Nase und sah dabei seinen Enkel Heinrich versonnen an. »Wenn einer sehr reich ist, macht er sich net selber d'Finger schmutzig. Der lässt so was andere machen.«

»Da hast du wohl recht«, antwortete Peter.

»Wann gehst du denn zu dem Herrn Grosni?«

»Gleich nach unserem Spaziergang.«

»Dätsch mich mitnehma?«

»Warum?«

»Weil's mich halt interessiert.«

»Na gut. Von mir aus.«

Auf dem Rückweg schritt der alte Heinrich zunehmend rüstiger aus.

8

Das Häuschen, das sich Eduard Grosni gebaut hatte, lag an einem sanften Südhang inmitten einer Siedlung, die sehr einheitlich wirkte. An schmalen, quer zum Hang verlaufenden Sträßchen reihten sich anderthalbgeschossige, helle Häuser mit ansehnlichen Gärten aneinander. Die ganze Gegend wirkte aufgeräumt und sehr gepflegt. Da es Samstag war, werkelten die Anwohner entweder in ihren Gärten oder waren auf der Straße beschäftigt, um die Kehrwoche zu machen. Der Gehsteig musste gefegt werden und 60 Zentimeter vom Rinnstein ab auch die Straße. Das wusste Peter Heiland von früher. Auch vor dem Anwesen Wiesenweg 17, wo das Ehepaar Grosni wohnte, war ein älterer Mann mit einem Besen zugange.

»Herr Grosni?«, fragte Peter Heiland.

Der Mann hielt inne und hob den Kopf. »Ja?«

»Mein Name ist Peter Heiland. Ich komme aus Berlin und bin ein Bekannter Ihres Sohnes Wassyl. Ist er da?«

Eine steile Falte erschien auf der Stirn des Mannes. Misstrauisch fixierte er den Kommissar. »Was wollen Sie von ihm?«

»Das würde ich ihm gerne selber sagen.«

»Er ist nicht da.« Der Blick Grosnis wanderte zu Heinrich Heiland. »Und wer sind Sie?«

Opa Henry deutete mit dem Daumen auf Peter. »Ich bin sein Großvater. Wissen Sie, ich wohne in Riedlingen. Ich weiß nicht, ob Sie das kennen. Es liegt im Donautal, sozusagen hinter der Schwäbischen Alb. Und weil wir uns so selten sehen, haben wir uns hier in der Gegend getroffen.«

Das Gesicht Grosnis entspannte sich ein wenig.

»Wann kommt denn Ihr Sohn wieder?«, fragte der alte Heiland.

Grosni zuckte mit den Achseln. »Keine Ahnung. Warum wollen Sie ihn denn sprechen?«

»Eigentlich wollte er immer mich sprechen«, meldete sich Peter. »Er hat mich ein paar Mal in Berlin aufgesucht, aber ich bin nicht dahintergekommen, was er eigentlich von mir wollte. Er hat angegeben, ein Kollege von mir zu sein.«

»Sind Sie Polizist?«

Peter Heiland nickte.

Grosni begann wieder zu fegen, obwohl Gehsteig und Rinnstein sehr sauber waren.

»Und wie geht es ihm mit seinen Verletzungen?«

Grosni hielt mitten in der Bewegung inne. »Sie wissen …?« Er brach ab.

»Ja, ich wollte ihn in der Klinik besuchen, aber da hatte er sich schon selbst entlassen.«

»So, so.« Grosni fegte weiter den Gehsteig.

»Ist Ihnen eigentlich klar, dass Ihr Sohn auf der Flucht

ist? Und diejenigen, die hinter ihm her sind, werden ihn auch hier, bei Ihnen, finden.«

Wieder hielt Grosni inne. »Haben Sie Kinder?«

»Einen Sohn«, antwortete Peter Heiland.

»Und Sie würden alles für ihn tun, oder?«

»O ja!«

Grosni sagte nichts mehr. Er nahm den Besen, stieß das Gartentürchen auf und schritt durch den sehr gepflegten Vorgarten zu seiner Haustür.

»Mann, steht der unter Druck«, ließ sich Opa Henry hören. »Der weiß genau, worum es geht.«

»Nur wir wissen es nicht«, meinte Peter. »Komm, wir gehen zurück.«

Am Nachmittag waren sie bei Bienzles eingeladen. Hannelore, die als Illustratorin gut beschäftigt war, servierte einen prächtigen Träubleskuchen. Träuble, so erklärte sie, seien Johannisbeeren und hießen in Schwaben halt so. Gebacken hatte den Kuchen ihre Zugehfrau. Nach wie vor kümmerte sich Frau Bienzle, sie hatte erst vor drei Jahren der Hochzeit mit dem einstigen Kriminalkommissar zugestimmt, nicht um den Haushalt. Sie kochte auch nie, weshalb ihr Mann sich nach und nach ein paar Kenntnisse angeeignet hatte, um gelegentlich selbst ein Essen auf den Tisch zu bringen.

Als die Männer und Hanna damit begannen, über ihren Kriminalfall zu reden, nahm Hannelore den kleinen Heinrich bei der Hand und verschwand mit ihm in ihrem Atelier.

»Man müsste das Haus beobachten«, sagte Bienzle. »Irgendwann kommt der doch wieder.«

»Wenn er sich nicht dort aufgehalten hat, während wir vor dem Haus auf der Straße standen«, meinte Peter Heiland.

Bienzle nickte. »Könnte sein, aber das müsste man rauskriegen können.«

»Und wie?«

»Zum Beispiel bei der Nachbarschaft«, sagte Bienzle, »Also wenn Sie mir den Auftrag erteilen ...«

»Wie bitte?«, fuhr Peter Heiland dazwischen.

»Sie wisset doch, dass ich des emmer ganz guet g'macht hab«, schwäbelte der pensionierte Kommissar. »Ich kenn da a paar Leut draußen in den Rosswiesen.«

»Wo?«

Bienzle winkte ab. »So heißt das Gewann, wo der Grosni wohnt. Früher waren da nur Streuobstwiesen. Als Kinder sind wir dort im Winter Schlitten gefahren.«

Peter Heiland sah seinen einstigen Chef an. Im Landeskriminalamt hatten sie ihn »die Katze« genannt. Man erzählte sich, dass er das Gefühl für die Zeit ausschalten könne und ohne Probleme in der Lage sei, Stunden an einer Stelle auszuharren, bis etwas geschah.

»Also das kann ich nun wirklich nicht von Ihnen verlangen«, sagte Peter Heiland.

»Lass ihn doch«, mischte sich sein Großvater ein. »Es macht ihm bestimmt Spaß.«

»Und was sagt Ihre Frau dazu?«, fragte Hanna.

Bienzle wiegte den Kopf hin und her. »Es wird ihr net g'falle, aber am End hat sie dann doch nix dagege.«

Im selben Augenblick kamen Hannelore Bienzle und der kleine Heinrich zurück. Der Junge hielt ein paar DIN-A4-Blätter in der Hand und zeigte stolz herum, was er gemalt hatte.

Gegen Abend machte Ernst Bienzle einen Spaziergang durch die Sträßchen am Südhang der Rosswiesen. Er kam mit dem und jenem ganz beiläufig ins Gespräch, so auch mit Emil Lauterbach, der nur drei Häuser von dem der Grosnis entfernt wohnte. Sie kannten sich gut aus dem Gesangsverein, in den Bienzle gleich in den ersten Tagen seines Einzugs in seiner alten Heimat eingetreten war. Sein dunkler Bariton war eine echte Bereicherung für den Chor.

Die beiden Männer redeten über dies und jenes. Lauterbach war auch Mitglied des Gemeinderats und so war zunächst der Bau einer neuen Kläranlage, beziehungsweise die Vergrößerung der bisherigen, ihr Thema. Irgendwann einmal sagte Bienzle dann: »Die Grosnis, was sind das eigentlich für Leut?«

Man könne nichts Schlechtes über sie sagen, meinte Lauterbach.

»Und Gutes?«, fragte Bienzle.

»Na ja, sie sind ja tüchtig. Aber sie bleibet halt arg für sich, net wahr? Ein Kontakt entsteht da nicht. Leider ...«

Bienzle startete einen Versuchsballon: »Zurzeit soll ja ihr Sohn bei ihnen wohnen.«

»Ach, das ist ihr Sohn?«

»Hab ich gehört. Ob's stimmt? Wer weiß?«

»Den sieht man praktisch nie«, sagte Lauterbach.

»Ja, dann mach ich mal wieder auf den Weg.« Bienzle tippte mit dem ausgestreckten Zeigefinger gegen die Stirn und ging langsam davon.

Als die Abenddämmerung verschwunden und die Nacht hereingebrochen war, postierte er sich schräg gegenüber des Grosnischen Hauses auf einem Spielplatz hinter einer Rutsche, die in einen Sandkasten führte. Die Straße war nur wenig beleuchtet. Um 23 Uhr gingen die Lichter ganz aus. Wie in seinen alten Tagen als Kommissar stand Bienzle unbeweglich in seinem Versteck. Er nutzte die Zeit, um ein paar Atemübungen zu machen, die ihm sein Hausarzt empfohlen hatte. Die Gegend lag völlig ruhig da. Einmal nur fuhr ein Auto vorbei. Bienzle wusste, es gehört Karl Maurer, der zur Nachtschicht fuhr.

Die Kirchturmuhr schlug zwölf Mal. Es verging noch eine halbe Stunde, ehe sich ein Motorengeräusch näherte. Die aufgeblendeten Scheinwerfer schossen zwei helle Lichtkegel in die nächtliche Straße, erloschen aber plötzlich, als das Fahrzeug noch in voller Fahrt war. Dann hielt es an. Direkt vor dem Haus der Grosnis. Bienzle konnte erkennen, dass es ein Kombi war, aber in der Dunkelheit war nicht zu sehen, um was für eine Marke es sich handelte. Zwei Schatten sprangen aus dem Führerhaus und eilten nach hinten. Ein Mann riss die Klappe auf. Im Licht, das nun im Kofferraum aufleuchtete, war zu erkennen, dass er eine Strumpfmaske trug. Der zweite Mann trat neben ihn. Auch er war maskiert. Sie zerrten einen leblosen Körper von der Ladefläche und warfen ihn vor dem Haus der Familie Grosni auf den Bürgersteig. Bienzle hätte ein Jahr seines Lebens dafür gegeben, wenn er jetzt wie früher eine Dienstpistole bei sich gehabt hätte. Aber so zog er nur sein Handy aus der Tasche und wählte Peter Heilands Nummer.

Die beiden Männer drückten die hintere Klappe zu, bemüht, möglichst wenig Lärm zu machen, und sprangen in den Kombi. Der Motor wurde gestartet. Der Fahrer wendete. Bienzle rannte los. Er erreichte das Sträßchen in dem Moment, als das Auto in die Richtung fuhr, aus der es gekommen war. Nach etwa 100 Metern schaltete der Fahrer die Scheinwerfer ein. Bienzle versuchte, das Nummernschild zu lesen. Aber er konnte nur noch den Buchstaben B erkennen. Jetzt meldete sich Peter Heiland mit verschlafener Stimme. »Ja, hallo, was ist?«

Bienzle berichtete kühl und sachlich, wie er das ein Berufsleben lang getan hatte.

»Ich alarmiere sofort die Kripo. Und bin in fünf Minuten da!«, rief Peter Heiland.

Bienzle hatte inzwischen die Straße überquert und beugte sich über das Bündel am Boden. Im Licht seiner Handylampe sah der Ex-Kommissar das breite, viereckige Gesicht eines rothaarigen Mannes. Mitten auf der Stirn erkannte er das Einschussloch. Um festzustellen, dass der Mann tot war, brauchte man keinen Gerichtsmediziner.

Der war nach einer guten Stunde da. Zusammen mit einem Einsatzkommando war er aus der Kreisstadt Tübingen gekommen. Scheinwerfer leuchteten die

Straße vor der Nummer 17 hell aus. Es war kurz nach drei Uhr in der Nacht zum Sonntag. Bienzle und Peter Heiland hatten dem Leiter der Tübinger Mordkommission Bericht erstattet und hielten sich etwas abseits. Hinter dem Gartenzaun standen Herr und Frau Grosni dicht beieinander und hielten sich an den Händen. Der Tote wurde in einen Blechsarg gelegt, der von zwei Beamten in einen Polizeibulli geschoben wurde.

Der Tübinger Kommissar, der sich mit dem Namen Gernot Kühn vorgestellt hatte, sagte zu Bienzle: »Ich seh mir das Haus an. Kommen Sie mit?«

»Ich bin nimmer im Dienst«, sagte Bienzle.

»Ich weiß. Ich kenn Sie doch. Ich war drei Mal in einem Ihrer Lehrgänge.«

»Da sollte ich mich vielleicht erinnern«, antwortete der pensionierte Kommissar mit einem schiefen Lächeln.

Der Beamte lächelte zurück: »Mich vergisst man leicht. Manchmal ist das auch ein Vorteil.«

»Gernot Kühn, Ihr Name kommt mir irgendwie bekannt vor«, sagte Peter Heiland.

»Letztes Jahr war Ihr Kollege Carl Finkbeiner bei uns in Tübingen. Es ging um Ihren Karatemörder. Aber wir kennen uns schon lange. Wir waren zur gleichen Zeit auf der Polizeischule in Göppingen, der Finkbeiner und ich.«

»Menschenskind, ja. Jetzt erinnere ich mich. Die Opfer waren alle auf dem Gymnasium in Tübingen.«

»Stimmt«, gab Kühn zurück und wendete sich wieder Ernst Bienzle zu. »Ich hätt Sie ganz gern dabei.«

Das Haus des Ehepaars Grosni war schlicht eingerichtet und pieksauber.

»In welchem Zimmer hat Ihr Sohn gewohnt?«, fragte Kühn.

Herr Grosni deutete mit dem Daumen auf eine Tür.

»Aber …«

Bienzle ging dazwischen: »Herr Grosni, wir wollen alle den Mörder Ihres Sohnes finden, und deshalb müssen wir so schnell wie möglich seine Sachen untersuchen. Vielleicht finden wir einen Hinweis – vielleicht sogar den entscheidenden.«

Grosni nickte. Heiland fragte sich, ob sein Kollege Kühn vorher schon eingeschätzt hatte, welchen Einfluss der alte Ex-Kommissar auf den Vater des Getöteten haben würde.

Plötzlich sagte Bienzle: »Habet Sie en Schnaps im Haus?«

Grosni nickte.

»Ich könnt' ein' brauchen, und Sie sicher auch.«

Der Hausbesitzer öffnete die Tür zum Zimmer seines Sohnes und winkte Bienzle, er solle ihm in die Küche folgen. Dort saß Frau Grosni wie erstarrt. Die Hände hatte sie gefaltet. Ihre Lippen bewegten sich lautlos. Bienzle blieb auf der Schwelle stehen. Er wollte die alte Frau nicht stören, die offensichtlich in ein Gebet versunken war.

Herr Grosni ging auf Zehenspitzen zum Küchenschrank, entnahm ihm eine Flasche und zwei Gläser und winkte wieder Bienzle, er solle mitkommen. Im Wohnzimmer nahmen die beiden Männer in einer Couchecke Platz.

»Wir haben ihn sieben Jahre lang nicht gesehen«, begann der Hausherr plötzlich zu reden. »Mehr als eine Postkarte zu Weihnachten und eine zum Geburtstag seiner Mutter kam ja nie von ihm. Ein treuloser Sohn.« Die Hand Grosnis zitterte ein wenig, als er zwei Schnapsgläser vollgoss und seines anhob. »Ein Slibowitz. Von einem früheren Arbeitskollegen. Er schenkt mir jedes Jahr zum Geburtstag drei Flaschen, und die reichen dann bis zum nächsten.«

»Hat Ihr Sohn erzählt, warum er auf einmal bei Ihnen erschienen ist?«

Grosni schüttelte den Kopf. Er hat meiner Frau einen großen Blumenstrauß und eine mächtige Pralinenschachtel überreicht und mir ein wunderschönes Schachspiel. Da, schauen Sie her!« Er zog aus einem Fach unter der Platte des Couchtisches ein Schachbrett und ein Kistchen mit Figuren hervor. »Sie müssen wissen, ich war einmal ein sehr guter Schachspieler. Dreimal Meister in unserer Betriebssportgruppe beim Daimler.«

»Gratuliere!« Bienzle leerte sein Glas. »Und das wusste Ihr Sohn natürlich.«

Grosni nickte. »Ich habe ihm ja immer geschrieben.«

»Hat er Ihnen erzählt, was er in nächster Zeit vorhatte?«

»Er werde bald sehr viel Geld haben, hat er gesagt, aber woher das kommen sollte, hat er uns nicht verraten.«

»Hat er keine Namen genannt?«

»Nein. Ich bin misstrauisch geworden, auch weil er nicht sagen wollte, wie er zu seinen Verletzungen gekommen ist.«

»Verstehe. So etwas treibt einen Vater um.« Bienzle hielt dem Hausherrn sein Glas hin. »Krieg ich noch einen?«

Grosni goss für beide ein. »Er war ständig am Telefonieren. Einmal, als er geschlafen hat und sein Handy hier lag« – Grosni deutete auf den Couchtisch – »hab ich eine der Nummern angerufen, die ganz oft auf dem Display erschienen ist. Aber der am andern Ende hat sich nur mit Hallo! gemeldet, und als ich gesagt habe: Mein Name ist Grosni. Ist mein Sohn bei Ihnen?, hat er sofort aufgelegt.«

»Aber die Nummer wissen Sie nicht mehr.«

»Ich habe sie aufgeschrieben.« Grosni zog einen Geldbeutel aus seiner hinteren Hosentasche, fingerte ein wenig darin herum und zog ein Zettelchen hervor.

»Kann ich das haben?«, fragte Bienzle.

Grosni nickte nur und reichte dem Ex-Kommissar das Papier.

Peter Heiland und Gernot Kühn untersuchten die wenigen Habseligkeiten des Ermordeten im Gastzimmer der Familie Grosni. Im Schrank hingen nur ein Jackett, ein Anorak, eine Jeans und eine schwarze Stoffhose. Am Boden davor standen ein Paar derbe Schuhe. Auf dem Bett lag ein Schlafanzug. Sonst wies nichts darauf hin, dass der Raum von jemandem bewohnt wurde. Auch im Badezimmer keine Hinweise, außer einem dritten Zahnputzglas neben dem Waschbecken, in dem eine Zahnbürste und eine halb leere Zahnpastatube steckten. Die beiden Kommissare waren gerade dabei, das

Bad zu verlassen, als sich Peter Heiland umdrehte und den Deckel vom Spülkasten hinter dem Klosett hob. Er drehte ihn um und pfiff durch die Zähne.

»Haben Sie doch was gefunden?« Kühn, der die Schwelle zum Korridor schon überschritten hatte, kam zurück.

Heiland hob seinen Fund hoch. »Das ist inzwischen wirklich kein originelles Versteck mehr.« Ein Smartphone war mit zwei dicken Klebestreifen auf der Innenseite des Deckels befestigt.

»Trotzdem hab ich's übersehen.« Kühn zog ein paar Latexhandschuhe an, löste das Mobiltelefon vorsichtig ab und ließ es in eine Plastiktüte fallen, die er aus seiner rechten Jackentasche zum Vorschein gebracht hatte.

Als sie auf den Korridor hinaustraten, kamen auch Bienzle und Grosni aus dem Wohnzimmer.

»Mein Beileid«, sagte Kühn und reichte dem Hausherrn die Hand. »Ich bin noch gar nicht dazu gekommen, Ihnen zu kondolieren.«

Es war nicht klar, ob der alte Mann ihm zugehört hatte.

Peter Heiland nickte Grosni kurz zu, legte ihm die Hand auf die Schulter und sagte: »Wir werden alles tun, um die Schuldigen zu finden.« Wohl fühlte er sich bei dieser Floskel nicht.

Sie hatten sich auf elf Uhr am Vormittag in der Tübinger Polizeizentrale verabredet. Als Peter Heiland etwas verspätet ankam, empfing ihn Gernot Kühn mit den

Worten: »Ich bin schon seit sieben Uhr da.« Er deutete auf seinen Bildschirm. »Was auf dem Handy war, hab ich gleich auf meinen Computer überspielt. Es sind nur zwei Anrufe und ein kleiner Videofilm, der hat es aber in sich.«

»Ich habe mich schon gefragt, warum einer sein Handy in der Klospülung versteckt«, sagte Heiland.

»Das Video ist die Antwort darauf«, gab Kühn zurück.

Peter Heiland zog einen zerknitterten Zettel aus der Hosentasche und strich ihn auf der Tischplatte glatt. »Das ist eine Nummer, die hat der alte Grosni heute Nacht Bienzle gegeben. Sie war auf dem Handy seines Sohnes.«

»Dann hören wir uns am besten zuerst die Sprachaufzeichnungen an«, sagte Kühn und drückte die Audiotaste.

Eine tiefe Stimme war zu hören. Aber die Sprache konnten beide Kommissare nicht verstehen. Sie wussten nicht einmal, ob sie russischer, ukrainischer oder anderer Herkunft war.

»Gibt's eigentlich nicht so etwas wie eine Übersetzungsfunktion auf dem Gerät?«, fragte Heiland.

»Keine Ahnung«, antwortete Kühn, »so 'n Spezialist bin ich dann auch wieder nicht. Aber vielleicht finde ich jemanden, der uns das übersetzen kann.«

Der zweite Anruf kam offenbar vom gleichen Mann, es war unverkennbar dieselbe Stimme, nur dass sie diesmal viel eindringlicher klang.

»Na gut, dann jetzt den Film«, sagte Peter Heiland.

Kühn schaltete die Videowiedergabe ein. Und schon nach den ersten Sekunden hielt Heiland den Atem an. Zu sehen war eine dunkle Halle. Vielleicht ein Teil eines alten Industriegebäudes, das längst nicht mehr in Betrieb war. Genaueres war nicht zu erkennen, weil die Szenerie nur durch das schwache Licht von vermutlich zwei Taschenlampen erleuchtet wurde. Dieses Licht erfasste einen flachen offenen Sportwagen, aus dem ein Mann ausstieg. Der Ton des Videos war nicht klar, aber es klang, als unterhielte sich der Mann aus dem Sportwagen normal mit den beiden Männern, deren dunkle Silhouetten jetzt ins Bild kamen. Der Mensch, der filmte, musste bereits in der Halle in einem Versteck gewartet haben. Er befand sich im Rücken der beiden Männer mit den Taschenlampen und musste sich immer wieder zurückziehen. Stahlträger versperrten dann die Sicht auf das Geschehen. In so einem Augenblick wurde eine der Stimmen lauter, höher, ja kreischend und wurde von einer dunklen ruhigen Männerstimme zum Schweigen gebracht. Und plötzlich war diese dunkle Stimme gut zu verstehen: »Das ist für Verrat!« Im gleichen Augenblick fiel ein Schuss. Der Mann aus dem Sportwagen brach in die Knie und fiel, Gesicht voraus, auf den harten Betonboden. Einer der Männer kam nun im Laufschritt auf die Kamera zu. Das Bild verschwand und erschien erst wieder, als eine schwere Limousine mit aufgeblendeten Scheinwerfern auf den flachen Sportwagen zurollte. Jetzt war dessen Farbe erkennbar. Ein helles Rot. Das andere Fahrzeug war nur als Schatten zu sehen. Dennoch sagte Heiland: »Ein Maserati!«

Die beiden Männer drehten den Erschossenen auf den Rücken. Das Fernlicht des Boliden lag nun voll auf seinem Gesicht. »Leon Schubert!«, sagte Peter Heiland. »Das Mordopfer in unserem Berliner Fall.«

Die Männer packten den leblosen Körper und zerrten ihn zu dem Auto, mit dem sie gekommen waren. Der Handyfilm schwenkte plötzlich unkontrolliert hin und her. Der Motor des Maseratis wurde angelassen. Das Motorengeräusch entfernte sich. Kurz danach wurde auch der rote Sportwagen aus der Halle gefahren. Der Film brach ab. Und dann hörte man, wie ein Motorradmotor gestartet wurde.

»Wassyl Grosni muss denen mit dem Motorrad gefolgt sein – wenn es Grosni war, der den Film gemacht hat«, sagte Peter Heiland nachdenklich zu seinem Kollegen, aber der hob die Hand. »Warten Sie, es geht noch weiter.«

Die Kamera blendete auf und fing ein gänzlich anderes Bild ein. Es erschien ein Mischwald. Man hörte das Rauschen des Windes in den Baumkronen. Vögel sangen. Peter Heiland schrie förmlich auf: »Ich glaub's ja nicht!«

»Was denn?«

»Wassyl Grosni hat uns genau in dieses Waldstück geführt und dort das Grab von Leon Schubert gezeigt.«

»Dann wirst du auch gleich sehen« – Kühn ging unwillkürlich zum kollegialen Du über – »wie sie ihn beerdigt haben.«

Zwei Männer trugen dicht an der Handykamera vorbei einen nackten Körper bis in die Waldkuhle, in der Heiland und Finkbeiner den toten Leon Schubert gefunden hatten.

»Grosni muss diese Typen die ganze Zeit beschattet haben«, sagte Peter Heiland.

»Aber warum?«, fragte Kühn.

»Vielleicht, um sie zu erpressen.« Heiland bat Kühn, den Film nach Berlin zu überspielen. Dann schob er den Zettel, den er von Grosnis Vater bekommen hatte, zu seinem Kollegen hinüber. Kühn verglich die Zahlen mit denen auf dem Display des Handys. »Es ist genau die Nummer, von der aus Grosni die beiden Male angerufen wurde.«

Vielleicht hat der alte Grosni mit seinem Telefonat die Mörder seines Sohnes erst darauf gebracht, wo er sich in den letzten Tagen versteckt hat«, meinte Kühn.

Heiland nickte. »Könnte sein.«

Er rief die Nummer seiner Abteilung im Berliner LKA an. Norbert Meier hatte Sonntagsdienst und hörte sich den ausführlichen Bericht seines Chefs in aller Ruhe an. Schließlich sagte er: »Da bewegt sich ja was!«

Heiland bat ihn, sofort nach dem roten Sportwagen suchen zu lassen, den er in dem Video gleich zu sehen bekomme. Zudem müsse man den Teilnehmer der Telefonnummer herausfinden.

»Wär ich nicht draufgekommen«, sagte Meier beleidigt. Musste der Abteilungsleiter ausgerechnet ihm, dem erfahrensten Beamten in der 7. Mordkommission die selbstverständlichsten Dinge erklären? Die Bitte, die üblichen Maßnahmen zu ergreifen, hätte vollkommen genügt. Er legte auf, ohne sich zu verabschieden.

Als Peter Heiland am frühen Nachmittag ins Hotel zurückkehrte, schlief Hanna. Er legte sich leise neben sie, bemüht, seine Frau nicht zu wecken. Aber die kleine Bewegung sorgte dafür, dass Hanna aufwachte. »Heinrich ist bei Opa Henry«, sagte sie verschlafen. »Sie wollten einen kleinen Spaziergang machen.«

»Mhm«, machte Peter nur.

»Und wie war's?«, fragte sie.

Er richtete sich auf die Ellbogen auf und erzählte ihr von dem Video und auch davon, dass Norbert Meier vermutlich wieder beleidigt sei, weil er ihn in seiner Polizistenehre gekränkt habe.

Hanna lachte. »Wie sagt dein Großvater immer? Der wird mit Schwarzbrot wieder gut, da braucht man keinen Kuchen dazu.«

»Hoffentlich«, antwortete Peter und ließ sich zurücksinken. Im nächsten Moment war er eingeschlafen.

Geweckt wurde er durch seinen Sohn Heinrich, der laut schreiend ins Zimmer stürzte: »Der Opa! Der Opa!«

»Was ist mit dem Opa?«, fragte Hanna, noch ehe Peter wach war.

»Er ist umgefallen, und er redet gar nichts mehr!«

Mit einem Satz war Peter Heiland aus dem Bett. »Wo?«

»Gleich unten hinterm Freibad.«

Peter rannte los. Hanna nahm ihren kleinen Sohn in die Arme. »Beruhige dich, mein Schatz. Es wird nicht so schlimm sein.«

Heinrich Heiland lag im Gras an einer Böschung und war ohne Bewusstsein. Peter kniete sich neben ihn und hob mit der linken Hand vorsichtig seinen Kopf an, während er mit der rechten auf seinem Handy den Notruf wählte. Ein leiser Klagelaut kam über die Lippen des Alten.

Schon zehn Minuten später landete ein Rettungshubschrauber des ADAC auf einer Wiese jenseits des schmalen Baches. Zwei Sanitäter sprangen heraus und überquerten mit einer Trage das schmale Rinnsal. Ihnen folgte ein Mann mit einer Arzttasche.

Peter Heiland erhob sich und trat ein paar Schritte zurück. Der Arzt horchte mit einem Stethoskop die Brust des alten Mannes ab und zog gleichzeitig eine kleine Spraydose aus seiner Ledertasche. »Digitalis«, sagte er erklärend über die Schulter, während er mit Daumen und Zeigefinger den Mund Henrys öffnete und zwei kurze Stöße in den Mund des Patienten sprühte. Sekunden später öffnete Heinrich Heiland die Augen.

»Was ist los?« Er sah seinen Enkel, worauf ein Lächeln über sein Gesicht huschte. Einer der Sanitäter zog aus der Innentasche von Henrys Jacke einen Ausweis und nickte dem Arzt zu. »Die Personalien haben wir.« Dann hob er gemeinsam mit seinem Kollegen den alten Mann auf die Trage. Sie fixierten ihn mit zwei Gurten, trugen ihn behutsam über den Bach und schoben die Trage in den Hubschrauber. Der Doktor gab Peter Heiland eine Visitenkarte. »Rufen Sie unter der Nummer in einer Stunde an.«

Der Helikopter hob ab, flog ein Stück durch das Tal und stieg dann steil über die Baumwipfel empor, hinter denen er Sekunden später verschwand.

Peter Heiland wusste: Seinen Chef, Kriminaldirektor Ron Wischnewski, konnte er in besonderen Situationen jederzeit anrufen. Und dies war eine besondere Situation, wenn sie auch in erster Linie privat und nicht nur dienstlich war. Wischnewski meldete sich mit den Worten: »Was ist los?«

»Ich bin's, Peter Heiland.«

»Ja, und?«

»Ich wollte fragen, ob ich noch ein paar Tage hierbleiben kann.«

»Mir doch egal.«

»Herr Wischnewski!«

»Mir ist überhaupt alles egal – scheißegal«, lallte der Kriminaldirektor.

Keine Frage: Ron Wischnewski war betrunken. Seit zwei Jahren war er »trocken«. Die Abkehr vom Alkohol hatte er nicht zuletzt mit Hilfe von Peter und Hanna Heiland geschafft. Ein Rückfall! Das ist ja eine Katastrophe, schoss es Heiland durch den Kopf. »Ist was passiert?«, fragte er, ohne darüber nachzudenken, wie diese Frage bei seinem Chef ankommen könnte.

»Geht Sie doch nichts an! Warum wollen Sie Urlaub nehmen?«

»Mein Großvater ist zusammengebrochen. Wir wissen nicht, ob er's überlebt.«

»Und jetzt wollen Sie runterfahren nach Schwaben?«

»Da bin ich doch schon. Ich hab Sie über die Reise informiert.« Peter überlegte sich, ob er Wischnewski von dem Mord an Wassyl Grosni berichten sollte, ließ es dann aber.

»Ach so, ja, hab ich vergessen. Den Urlaub können Sie haben.«

»Es ist auch dienstlich. Sie wissen doch, ich bin hier wegen der Ermittlungen im Fall Leon Schubert.«

»Mann, Heiland, wenn ich alle Fälle im Kopf haben müsste!« Wischnewski legte auf.

Peter Heiland stand an der Böschung. Jetzt setzte er sich ins Gras, genau an der Stelle, wo sein Großvater zusammengebrochen war. Dass Hanna und der kleine Heinrich auf dem schmalen Talweg auf ihn zukamen, bemerkte er erst, als sie vor ihm standen. »Wie geht's ihm?«, fragte seine Frau.

Peter hob die Schultern. »Ich weiß nicht. Er ist zu sich gekommen. Sie haben ihn mit dem Hubschrauber in die Klinik nach Tübingen gebracht.« Peter drehte die Visitenkarte in der Hand. »In einer Stunde kann ich anrufen.«

»Muss Opa Henry sterben?«, fragte der kleine Heinrich mit ernstem Gesicht.

»Ich weiß es nicht.«

Das Kind setzte sich neben seinen Vater ins Gras und nahm seine Hand.

»Dann bist du aber sehr traurig.«

Peter nickte. »Du doch auch, oder?«

Heinrichs Miene blieb unverändert. »Alle Menschen müssen sterben, vielleicht auch ich.«

Seine Eltern schauten den Jungen überrascht an. »Wo hast du denn das her?«, fragte Hanna.

»Ist doch wahr, oder?«

»Ja, das ist wahr«, antwortete der Vater. »Aber wir wollen hoffen, dass Opa Henry noch etwas Zeit bleibt.«

9

»Peter bleibt noch ein paar Tage unten in Schwaben«, berichtete Norbert Meier seinen Kollegen am Montagmorgen. »Wassyl Grosni ist erschossen worden. Offenbar genauso liquidiert wie Leon Schubert.« Er verteilte ein paar Ausdrucke des Berichts, den Peter Heiland noch am Sonntagabend von seinem Laptop aus geschickt hatte.

»Was denn, sein alter Chef hat da mitgemischt?«, rief Jenny während der Lektüre überrascht.

»Das passt zu dem«, meldete sich Carl Finkbeiner, der Bienzle aus seiner Stuttgarter Zeit kannte, wenngleich er, anders als Peter Heiland, nie in dessen Abteilung gearbeitet hatte.

»So, und nun kommt mal alle her!« Norbert Meier holte das Video, das Gernot Kühn geschickt hatte, auf den Bildschirm seines Computers. Schweigend sahen sie sich den Film an.

»Den roten Sportwagen habe ich gleich zur Suche ausgeschrieben. Die Telefonnummer, die Peter von dem alten Grosni bekommen hat, hat eine russische Vorwahl. Auch da hab ich gleich die Kollegen in Moskau um Amtshilfe gebeten.«

Die Moskauer Kollegen arbeiteten rasch und zuverlässig. Die Handynummer gehöre einem russischen Staatsbürger namens Pjotr Poschnew, übermittelten sie per Mail. Es handele sich um einen Businessmann, der hauptsächlich in Berlin lebe.

»Ich hab den natürlich gleich gesucht«, sagte Norbert Meier und machte eine Kunstpause.

»Und?«, fragte Finkbeiner leicht genervt.

»Der Mann hat mehrere Firmen und Beteiligungen.«

»Wie hast du das so schnell rausgekriegt?«, fragte Jenny.

»Tscha, wenn man einen kennt, der einen kennt ...« Meier grinste, redete aber nicht weiter.

»Menschenskind, lass dir doch nicht alle Würmer aus der Nase ziehen.«

»Fred Bruckmann arbeitet beim ›Tagesanzeiger‹. Guter investigativer Journalist und ein guter Freund von mir. Er schreibt hauptsächlich über die Skandale beim BER.« Meier schwieg.

»Und weiter?«, der sonst so ruhige Carl Finkbeiner wurde langsam ärgerlich.

»Na ja, er kennt auch die Firma Bodenbau GmbH mit Sitz in Neurudnitz am See, und die gehört einem gewissen Pjotr Poschnew.«

»Ja, dann wollen wir uns den Herrn Proschnew mal näher ansehen«, sagte Carl Finkbeiner.

Meier stand von seinem Schreibtisch auf, holte sich von der Kaffeemaschine auf dem Fensterbrett eine Tasse Kaffee, ging langsam zu seinem Platz zurück, blieb dort aber stehen. »Solange Heiland weg ist, leite ich die Abteilung.«

»Okay«, sagte Finkbeiner, du bist der Dienstälteste. Und was bedeutet das nun?«

»Dass ich die Anweisungen gebe und sonst niemand. Ihr beide fahrt nach Neurudnitz. Die Adresse habe ich aufgeschrieben.« Er schob Jenny einen Zettel zu.

»Gut, gehen wir«, sagte Finkbeiner knapp. Er nahm seinen Parka vom Garderobenhaken und nickte Jenny aufmunternd zu. Als die beiden an der Tür waren, sagte Meier: »Ach, noch eins: Poschnew ist auch an der Filmproduktion Nuovomedia beteiligt, und die gehört einem gewissen Moritz von Wetzstein. Lohnt sich, drüber nachzudenken.«

»Ja, dann mach das mal!« Finkbeiner schlug die Tür etwas zu laut hinter sich zu.

Als sie in den Dienstwagen stiegen, sagte er zu Jenny: »Jetzt kannst du mal sehen, was für ein Glück das ist, dass Wischnewski damals Peter zum Abteilungsleiter gemacht hat und nicht Meier.«

Das Betriebsgebäude der Firma Bodenbau war offenbar der erste bezugsfertige Bau auf einem projektierten Industriegelände zwischen Gärten und Grünflächen, nicht weit vom Ufer des Neurudnitzer Sees entfernt. »Tolle Lage!«, sagte Finkbeiner, als sie aus ihrem Dienstwagen ausstiegen. »Das ist überhaupt 'ne schöne Gegend.«

»Mhm«, machte Jenny. »Ich hab 'ne Tante, die hier wohnt. Ich besuche sie einmal im Jahr.«

»Lass mich raten: Das ist ihr viel zu wenig.«

Jenny lachte. »Ja, genau, aber die Besuche sind verdammt anstrengend. Weißt du, meine Tante Erika ist so eine, die alles, aber auch alles, besser weiß und der nichts, aber auch gar nichts passt. Neurudnitz sei ein fürchterliches Nest, sagt sie, weitab von aller Welt. Dabei stimmt das überhaupt nicht. Die Stadt ist verkehrsmäßig gut angebunden, du bist in 40 Minuten mitten in Berlin. Und sie hat ein reges Kulturleben.

Sie standen vor einem Flachbau. Auf einem Wiesengrundstück daneben waren vier Autos geparkt, allesamt Kleinwagen. Eine Straßenwalze fuhr langsam ihre Bahnen vor dem Eingang auf und ab. Offenbar sollte hier ein Parkplatz entstehen. Ein riesiges Schild warb um Industrieansiedlungen. In einem Schaukasten darunter konnte man lesen, welche Firmen bereits Grundstücke erworben hatten und welche sich interessierten, irgendwann hier zu bauen. Anfragen bitte an die Firma Bodenbau, die als Generalunternehmer für die Erschließung des neuen Entwicklungsgebietes »Hinteres Tor« zuständig sei. Jenny Kreuters fotografierte die Aushänge mit ihrem Handy. Das Gelände drum herum war im Wesentlichen Brache. Im Hintergrund sah man allerdings eine große Baustelle. Dort wurde ein Gebäude hochgezogen, das vermutlich eine Industrieanlage größeren Ausmaßes werden sollte. Links daneben waren in einer Reihe Container zweistöckig übereinandergestapelt, vermutlich dienten sie als Büros der Bauleitung, aber auch als Unterkünfte für Arbeiter, die vor Ort wohnten, solange sie an dem Bau beschäftigt waren.

Finkbeiner stieß die Glastür zum Eingangsbereich des flachen Bürogebäudes auf. Hinter einem schmalen halbrunden Tresen erhob sich eine Frau um die 40. »Guten Tag, Sie wünschen?«

»Wir würden gerne mit Herrn Pjotr Poschnew sprechen«, sagte Finkbeiner. Er legte seinen Polizeiausweis auf den Tresen.

»Tut mir leid, Herr Poschnew ist nicht im Hause.«

»Und wann kommt er wieder?«

Die Frau hob die Schultern. »Keine Ahnung. Vielleicht weiß es sein Assistent, Herr Ebeling.«

»Ist Ihr Chef schon länger weg?«, fragte Jenny.

Die Empfangsdame musterte die Polizistin, als habe sie etwas Unanständiges gefragt. »Was heißt länger?«

»Gut also, wie lange ist er schon weg?«

»Zwei Wochen, glaube ich. Aber warum interessiert Sie das?«

Carl Finkbeiner lächelte die Frau offen an. »Das sind genau die Fragen, die wir leider nicht immer beantworten können. Wo finden wir denn Herrn Ebeling?«

»Den Korridor runter, ganz nach hinten, letzte Tür rechts. Ich melde Sie an!« Sie griff nach dem Telefon und wählte eine Nummer, während sich Jenny und Finkbeiner auf den Weg machten. Vorbei an schmalen Türen in kurzen Abständen gingen sie den Gang entlang, der auf ein bodentiefes Fenster zulief. Die letzte Tür rechts öffnete sich, ein junger Mann in engen Röhrenjeans und einem blauen Polo-Shirt trat heraus.

»Herr Ebeling?«, fragte Finkbeiner.

Der junge Mann nickte und reichte den beiden Besuchern nacheinander die Hand. »Sie sind von der Polizei?«

»Ja, Landeskriminalamt Berlin.«

»Also für uns in Brandenburg gar nicht zuständig.«

Jenny lächelte. »Wenn nötig, ermitteln wir auch auf den Malediven.«

Ebeling trat zur Seite. »Bitte treten Sie ein in meine bescheidene Hütte.«

Es war ein kühler quadratischer Raum, eingerichtet mit einem Schreibtisch, vor dem zwei Besucherstühle standen, zwei Regalen und einem imponierenden hochlehnigen Bürostuhl hinter dem Schreibtisch. Gegenüber der Tür gab ein großes, quadratisches Fenster den Blick frei auf die Baustelle im Hintergrund. »Nehmen Sie doch Platz. Worum geht es?«

»Um einen Mordfall«, sagte Finkbeiner.

»Genau genommen um zwei Mordfälle«, verbesserte Jenny Kreuters.

Der Assistent des abwesenden Pjotr Poschnew ließ sich sehr langsam in seinen teuren Bürosessel sinken. Finkbeiner schätzte ihn auf Mitte, höchstens Ende 20. Er wirkte durchtrainiert wie ein Marathonläufer. Kein Gramm Fett am Leib, konstatierte der Kommissar im Stillen, nicht ohne Neid. Die schwarzen Haare hatte Ebeling mit viel Gel an den Kopf geklebt. Im rechten Ohr hing ein goldener Ring. Das Gesicht war schmal, die Nase etwas zu lang und der Mund sehr dünn.

»Ich kann mir nicht vorstellen …«, sagte er, brach dann aber ab. Er nahm einen Schluck Kaffee aus einer halbvollen Tasse. Auf die Idee, den Besuchern etwas anzubieten, war er nicht gekommen.

»Was können Sie sich nicht vorstellen?«, fragte Finkbeiner.

»Dass unser Haus oder irgendjemand aus unserem Haus etwas mit einem Mord zu tun haben könnte.«

»Das haben wir auch nicht unterstellt. Es ist nur so, dass der Name beziehungsweise die Telefonnummer von Herrn Poschnew für beide Opfer eine Rolle gespielt haben muss. Und dazu wollten wir Ihren Chef befragen. Aber sicher stehen Sie ihm sehr nahe, und vielleicht können Sie uns weiterhelfen. Die Namen der Opfer sind Leon Schubert und Wassyl Grosni.«

Ebeling starrte Finkbeiner an, sein Mund hatte sich leicht geöffnet, seine Hände, die bisher ruhig auf der Tischplatte gelegen hatten, fuhren plötzlich in fahrigen Bewegungen hin und her.

Finkbeiner fixierte den jungen Mann. »Ich sehe, die Namen sagen Ihnen etwas.«

»Wie bitte? Nein! Wie kommen Sie darauf?«

Der Kommissar lächelte. »Es schien mir so.« Er legte Fotos auf den Tisch. Das eine war eine Vergrößerung aus Grosnis Pass, das andere zeigte Leon Schubert nackt im Grab.

Ebeling warf einen kurzen Blick drauf, schloss dann für einen Moment die Augen. Als er sie öffnete, sagte er nach mehrmaligem Räuspern. »Die Bilder sagen mir nichts. Ich kenne beide Männer nicht.«

Finkbeiner ließ Ebeling nicht aus den Augen. »Werden Sie das auch sagen, wenn Sie vor Gericht unter Eid stehen?«

»Ja, selbstverständlich.«

»Was fährt denn Herr Poschnew für einen Wagen?«, fragte Jenny unvermittelt dazwischen.

»Kommt drauf an.«

»Wie? Kommt drauf an?«

»Auf Baustellen fährt er mit seinem Jeep. Wenn er in Berlin zu tun hat, nimmt er meistens den Smart wegen der Parkmöglichkeiten, und wenn er privat auf längeren Fahrten unterwegs ist …«

»Den Maserati«, fiel ihm Finkbeiner ins Wort.

Ebeling hob den Kopf. »Ja, stimmt.«

»Und mit dem ist er jetzt unterwegs?«

»Nein, er ist ja nach Moskau geflogen. So lange hat er ihn ausgeliehen, soviel ich weiß.«

»An wen?«

»Keine Ahnung.«

»Und wann genau ist er geflogen?«

»Montag letzter Woche.«

»Wissen Sie, wann genau?«

»Ja, natürlich. Ich hab ja die Flüge gebucht.« Ebeling zog eine Schublade seines Schreibtischs auf, kramte kurz darin und warf die Internetbestätigung auf den Tisch. Finkbeiner zog sie zu sich heran und notierte die Flugdaten rasch in sein Notizbuch. Ebeling sah ihm mit sichtlichem Befremden zu. »Was machen Sie da?«

»Ich schreib mir nur kurz die Daten ab. Schon fertig.« Finkbeiner schob die Papiere zurück. »Kennen Sie Moritz von Wetzstein?«

»Nein, wer ist das?«

»Ein Mann, der mit 24 Prozent an Ihrer Firma beteiligt ist.«

»An welcher Firma, Herr Poschnew ist an vielen

Unternehmen beteiligt, und bei manchen ist er Alleininhaber. Er ist ein wirklich genialer Geschäftsmann.«

»Und das alles managt er von hier aus?«

»Er hat auch Büros in Sankt Petersburg, Wien und Berlin. Im Übrigen ist er auf äußeren Pomp nicht angewiesen. Herr Poschnew ist ein anspruchsloser Mensch.« Der Satz klang wie auswendig gelernt.

Carl Finkbeiner steckte die Fotos ein. »Herr von Wetzstein ist an der Bodenbau GmbH beteiligt.«

»Kann sein. Vermutlich ein stiller Teilhaber. Herr Poschnew hat mich da nicht eingeweiht.«

»Welche Projekte betreut denn die Bodenbau, ich meine außer dem Industrieareal, das dort hinten entstehen soll?« Carl Finkbeiner zeigte auf die Baustelle, die durch das Fenster zu sehen war.

»Wir sind fast ausschließlich mit dem Flughafenneubau in Schönefeld beschäftigt. Das ist auch der Grund, warum wir seit Kurzem hier residieren. Der Flughafen gehört zum Landkreis Ostprignitz-Ruppin, und wir liegen in diesem Landkreis.«

Finkbeiner stand auf. »Ja, das war's dann. Danke, dass Sie sich die Zeit genommen haben.«

»Keine Ursache«, Ebeling schien erleichtert zu sein. Er brachte die beiden Besucher zur Tür.

Jenny Kreuters und Carl Finkbeiner traten ins Freie. Es war warm. Aber vom See her kam ein kühler Luftzug. Über den blauen Himmel zogen schmale weiße Wolkenfetzen. »Eigentlich kann man noch draußen sitzen«, sagte Jenny.

»Ich sehe, wir denken beide an das Gleiche. Weißt du ein gutes Lokal hier?«

»Ja, direkt am Seeufer. Ein Italiener. Deutsche Gastronomen gibt's hier sowieso kaum noch.«

Sie erreichten ihren Dienstwagen. Jenny setzte sich mit den Worten »ich kenne den Weg« hinters Steuer. Carl Finkbeiner ließ sich auf den Beifahrersitz fallen. Zunächst ging es in die Innenstadt, die einen properen Eindruck machte. »Sauberer ist es bei uns in Schwaben auch nicht«, sagte Finkbeiner, »trotz der Kehrwoche.«

Sie erreichten die Seepromenade und parkten nicht weit von dem Restaurant. Die Terrasse mit Seeblick war kaum besetzt. Ein junger Kellner begrüßte sie fast überschwänglich und reichte ihnen die Karte. Jenny bestellte eine gemischte Vorspeise, Finkbeiner eine Tomatensuppe und eine Forelle Müllerin. Beide tranken einen Weißwein. Als sie ihre Gläser hoben, sagte Jenny: »So könnte mir das Leben gefallen.«

»Mir auch«, antwortete Finkbeiner. »Allerdings kriege ich immer ganz schnell ein schlechtes Gewissen dabei.«

Jenny sah ihn versonnen an. »Du bist auch so einer, der nie Fünfe grade sein lassen kann.«

»Beruflich stimmt das, privat eher nicht.«

Dann schwiegen sie eine Weile, schauten auf die helle Wasserfläche hinaus, die vom Wind leicht bewegt wurde. Im Hintergrund kreuzten ein paar Segelboote.

Jenny beendete die Stille: »Eigentlich weiß ich gar nichts über dich.«

Carl Finkbeiner blickte überrascht auf. »Was würdest du denn gerne wissen?«

»Na ja, wie du lebst, was du privat so machst, ob du liiert bist – so was halt. Du wirst mir doch nicht erzählen, dass du ganz und gar in deinem Beruf aufgehst.«

Überraschend war Carls Glas schon leer, und er winkte dem Kellner, noch einen Wein zu bringen. »Wenn es so wäre, würde ich ja jetzt nicht so gemütlich mit dir hier sitzen.«

»Du weichst aus.«

»Und du fragst vielleicht ein bissel zu viel.«

»Oh, entschuldige, bin ich dir zu nahe getreten?«

Er sagte nichts dazu, nahm den neuen Wein mit einem kurzen »Danke« entgegen und trank einen ordentlichen Schluck. Als er das Glas absetzte, sagte er: »Na gut. Ich lebe alleine, habe keine Freundin, auch keine Katze und keinen Hund. Aber du musst nicht denken, dass ich abends nach Hause komme, ein Bier aufmache und mich vor den Fernseher lümmle.«

Jenny hätte gerne gefragt »sondern?«, schwieg aber lieber und sah ihren Kollegen nur aufmerksam an.

»Meistens lese ich dann oder setze mich an meinen Computer und schreibe.«

»Du schreibst? Was denn?«

»Geschichten, manchmal Gedichte, jetzt grade versuche ich mich an einem Roman.«

»Ist nicht wahr!«, entfuhr es Jenny. Sie starrte Finkbeiner ungläubig an.

»Ich habe das noch nie jemandem erzählt«, sagte Carl. »Nicht mal Peter Heiland weiß davon.«

Der Kellner brachte das Essen. »Guten Appetit«, sagte Finkbeiner, als wollte er einen dicken Punkt hinter das Gesagte setzen.

Es dauerte eine ganze Zeit, bis Jenny das Gespräch wieder aufnahm. »Könnte ich denn mal was von dir lesen?«

»Weiß nicht.« Carl Finkbeiner kämpfte mit den Gräten seines Fisches. Jenny zog resolut seinen Teller zu sich herüber und begann die Forelle mit geschickten Händen zu filetieren. Carl Finkbeiner beobachtete sie. Warum war ihm eigentlich noch nie aufgefallen, wie hübsch Jenny war. Ihre grünbraunen Augen über den hohen Backenknochen hatten eine leichte Schräge nach oben. Das Gesicht war mehr herzförmig als rund, strahlte aber immer eine gewisse Fröhlichkeit, man könnte auch sagen Frechheit, aus. Die rotbraunen Haare hielt Jenny kurz. Ein Pony fiel über die Stirn.

Wortlos schob sie den Teller zurück.

»Danke«, sagte Finkbeiner. »Ich hab das noch nie gekonnt.«

Schweigend aßen sie weiter. Endlich meldete sich Finkbeiner wieder: »Bist du denn eine Leserin?«

Sie sah auf. »Wie meinst du das?«

»Na ja, die meisten Leute lesen ja keine Bücher mehr. Höchstens Texte auf ihrem Smartphone oder Tablet.«

Jenny lachte. »Da muss ich mich jetzt wohl auch outen: Ich bin eine leidenschaftliche Leserin. Gerade verschlinge ich ein Buch von Katharina Adler, es heißt schlicht ›Ida‹ und erzählt das Leben einer Patientin von Sigmund Freud.«

Finkbeiner blinzelte. »Das hab ich auch gelesen.«

»Na so was! Wie lange arbeiten wir jetzt zusammen?«

»Dreieinhalb Jahre, warum?«

»Weil sich Gemeinsamkeiten auftun, mit denen wir wohl beide nicht gerechnet haben.«

»Na hoffentlich beeinträchtigt das unsere Arbeit nicht«, sagt Carl Finkbeiner mit einem Lächeln.

Jenny Kreuters musterte ihren Kollegen, der sich seinem Essen zuwandte. Sein breites Gesicht hatte etwas von einer gutmütigen Dogge. Das rechte Augenlid hing ein klein wenig tiefer als das linke. Über den graugrünen Augen wölbten sich zwei buschige Brauen. Die vollen braunen Haare schien er selten zu kämmen oder zu bürsten, aber die Art, wie die Frisur wild um seinen Kopf stand, gefiel ihr. Eigentlich gefiel ihr so einiges an ihm. Die Nase war ein klein wenig zu dick, dafür hatte sein voller Mund einen besonders schönen Schwung. Abgesehen davon, dass er einen Fisch nicht zerlegen konnte, hatte er sehr gute Tischmanieren.

Vor zwei Jahren hatte Carl Finkbeiner einmal eine Affäre mit einer wichtigen Zeugin in einem Mordfall, die aus der Berliner High Society stammte. In jener Zeit hatte sich Finkbeiner stark verändert. Er kleidete sich plötzlich elegant, legte sich eine neue Frisur zu und ließ sich einen Dreitagebart wachsen, der ihm sehr gut stand. Die Affäre ging freilich schnell zu Ende. Geredet hatte er mit den Kollegen nie darüber, vielleicht mit Peter Heiland, der nicht nur sein Chef, sondern auch sein Freund war. Aber wie sehr er unter der Trennung gelitten hatte, war niemandem in der Abteilung entgangen.

Danach war Carl Finkbeiner in seine alten Gewohnheiten zurückgefallen. Er trug jahrein, jahraus helle Cordhosen, bunte Pullover und derbe Schuhe. Er war fleißig, konnte sehr strukturiert denken und redete nur, wenn er es für nötig hielt, was nicht sehr oft der Fall war.

Jetzt legte er behutsam sein Besteck auf den Teller und sah sie wieder an. »Gehst du auch manchmal ins Theater?«

»Früher öfter«, sagte Jenny, »aber die Freundin, die mich dabei begleitet hat, ist inzwischen weggezogen. Sie lebt in Zürich. Und alleine ...« Sie unterbrach sich.

Finkbeiner nickte. »Mir geht es genauso. Wenn man hinterher niemanden hat, mit dem man über die Aufführung reden kann, ist das schade.«

Jenny sagte nichts dazu. Aber im Stillen dachte sie: Wenn er eines Tages mit zwei Theaterkarten ankommt, werde ich nicht Nein sagen.

Finkbeiner übernahm die Rechnung. »Letzten Monat habe ich eine Kurzgeschichte untergebracht. Von dem Honorar bezahle ich jetzt.«

»Wo ist die Geschichte denn erschienen?«

»In der Zeitschrift ›Literatour‹ – tour mit ou. Erscheint nur in Baden-Württemberg, aber immerhin.« Er gab ein fürstliches Trinkgeld und erklärte seiner Kollegin im Weggehen, es sei eine Legende, dass Schwaben eigentlich wegen ihres Geizes vertriebene Schotten seien. Es gäbe unter seinen Landsleuten richtig großzügige Menschen, und wenn er es sich leisten könne, wolle er auch so sein.

Einem Impuls folgend, hakte sich Jenny bei Finkbeiner ein. Arm in Arm gingen sie zu ihrem Dienstwagen.

Wenn es nach Finkbeiner gegangen wäre, hätte der Weg viel länger sein dürfen.

»Den roten Sportwagen haben wir«, trompetete Norbert Meier, als die beiden ins Büro zurückkamen. »Das Fahrzeug stand unter einem Gebüsch am Rande eines Feldwegs nicht weit von Neurudnitz. Die Kennzeichen wurden abgeschraubt. »Die Spurensicherung ist schon dran. Und? Wie war's bei euch?«

Carl Finkbeiner überließ es Jenny Kreuters zu berichten. Als sie fertig war, sagte Carl: »Ich prüfe dann mal, ob Pjotr Poschnew tatsächlich geflogen ist.«

»Sehr gut!«, sagte Meier in einem leicht gönnerhaften Ton.

Finkbeiner sah ihn einen Moment an und verließ das Büro.

»Kann ich dir was sagen?«, fragte Jenny Norbert Meier.

»Ja sicher, alles.«

»Du machst einen Fehler.«

»Wie bitte? Was?«

»Du solltest, solange du Peter Heiland vertrittst, nicht zu sehr den Chef raushängen. Carl ist da ziemlich empfindlich, und ich verstehe ihn.«

Norbert Meier sah sie überrascht an. »Bin ich ihm auf die Füße getreten?«

Jenny nickte. »Könnte man so sagen.«

Carl Finkbeiner hatte in Peter Heilands Büro Platz genommen. Sein Ärger über Meier verflog rasch. Zum einen war Finkbeiner ein Mensch, der nur schwer etwas übel nehmen konnte. Zum andern verstand er den Kollegen auch. Ein Mann wie Meier, der so sehr auf seine Polizeikarriere fixiert war, hatte es nun mal schwer zu akzeptieren, dass ihm ein anderer vorgezogen wurde. Und jetzt, da er vorübergehend die Position innehatte, auf die er immer so scharf gewesen war, sollte man ihm eigentlich den Genuss gönnen, endlich einmal Chef sein zu dürfen.

Finkbeiner wählte die Fluggesellschaft, bei der Ebeling für Poschnew den Flug nach Moskau gebucht hatte. Ein freundlicher Mann sagte, telefonisch dürfe er keine Auskunft geben. »Woher weiß ich denn, dass Sie tatsächlich von der Polizei sind?«

»Sie haben recht«, sagte Finkbeiner. Ich mache Ihnen einen Vorschlag: Rufen Sie das Landeskriminalamt an und bitten Sie, mit Hauptkommissar Carl Finkbeiner verbunden zu werden, dann können Sie sicher sein, dass es sich um eine wichtige polizeiliche Anfrage handelt.«

»Von mir aus«, sagte der Mann am anderen Ende der Leitung. »Aber da muss ich zuerst meinen Chef fragen.«

»Danke, sehr freundlich«, Carl Finkbeiner legte auf und lehnte sich weit in Peters Bürosessel zurück. Er dachte an das gemeinsame Mittagessen mit Jenny und den kurzen Weg zu ihrem Auto. Plötzlich sah er die Kollegin mit ganz anderen Augen. Natürlich, sie war noch immer dieses schlanke, sportliche Geschöpf mit der kurzen Männerfrisur und den wachen grünbraunen Augen, die jahraus, jahrein das gleiche Outfit trug, genau wie er. Bei ihr waren es enge helle Leinenhosen und knappe T-Shirts, unter denen sich die Träger des BHs abzeichneten. Komisch, welche Details man sich merkte. Das Telefon klingelte. Finkbeiner meldete sich. »Sie hatten wegen eines Tickets angefragt?« Diesmal war es eine andere Stimme. »Kindermann mein Name, Sales Manager.«

Carl Finkbeiner bedankte sich für den Rückruf und gab die Daten durch.

»Der Herr hat seinen Flug nicht angetreten. Das Ticket ist verfallen«, bekam er nach einer Zeit, die er geduldig abwartete, zur Antwort.

»Er hat auch nicht auf einen anderen Flug umgebucht?«

»Nein, soviel ich sehe, nicht. Ob er für einen anderen Flug neu gebucht hat, kann ich hier nicht sehen.«

»Danke«, sagte Finkbeiner. »Sie haben uns sehr geholfen.«

»Immer gerne«, kam es zurück.

Finkbeiner ging ins Gemeinschaftsbüro der Kommissare hinüber. »Poschnew ist nicht geflogen. Er hat den Flug nicht gecancelt, sondern ist einfach nicht geflogen.«

»Danke«, sagte Meier und überlegte sich, ob er den Kollegen auf Jennys Kritik ansprechen sollte. Ließ es aber dann.

10

Peter Heiland hatte am Sonntagnachmittag mehrmals in der Klinik angerufen, aber die Auskunft blieb immer die gleiche. Im Augenblick könne man noch gar nichts sagen, es sähe aber so aus, als ob sich der alte Herr Heiland langsam erhole.

Zwei Tage wollten sie noch bleiben, hatten Hanna und Peter sich entschieden. Für Hanna war es schwierig gewesen, Urlaub zu bekommen. Der Chef der Abteilung Wirtschaftskriminalität, wo sie seit anderthalb Jahren arbeitete, hatte am Telefon gemeint, eigentlich könne er sie nicht entbehren. Der leitende Hauptkommissar Thomas Henseler war ein ausgeglichener, ruhiger Mann. Hanna arbeitete gerne unter ihm. Deshalb sagte sie auch zu ihrem Mann, sie werde auf jeden Fall nach zwei Tagen zurückkehren, habe aber volles Verständnis dafür, wenn er länger bleiben wolle.

Die Situation war seltsam angespannt. Peter Heiland konnte mit der Unruhe, die ihn seit der Herzattacke seines Großvaters erfasst hatte, nicht umgehen. Rastlos lief er hin und her, war ständig in Bewegung und konnte keinen klaren Gedanken fassen. Als er am Dienstag sehr früh in der Uniklinik anrief, sagte ein

Arzt, der Patient sei bei Bewusstsein. Als Peter fragte, ob er seine Familie mitbringen könne, verneinte der Doktor. »Und auch Sie sollten Ihren Besuch bitte kurzhalten.«

Peter Heiland warf sich sofort in den Mietwagen und fuhr die 13 Kilometer nach Tübingen in einer persönlichen Rekordzeit.

Die Klinik lag auf einer Erhebung hoch über Tübingen. Peter fiel ein, dass es in der Universitätsstadt seit Jahren eine Debatte darüber gab, ob man vom Bahnhof, tief unten im Neckartal, zu den Universitätskliniken auf dem Berg eine Seilbahn bauen sollte, um den Verkehr in der Stadt zu entlasten.

Heinrich Heiland lag in einem Einzelzimmer mit einem großen Fenster, durch das der Blick weit hinüber zum Steilabfall der Schwäbischen Alb reichte. Eduard Mörike hatte sie als blaue Mauer beschrieben, und an diesem Morgen, als sie im diesigen Licht eines späten Septembertages aus der nebligen Ebene emporwuchs, hatte sie genau diesen bläulichen Schimmer, der sie so unvergleichlich machte.

Opa Henry lag ein wenig aufgerichtet in seinem Bett. Sein Gesicht war eingefallen, die Wangen hohl, seine dunklen Augen schienen sich in tiefe Höhlen zurückgezogen zu haben. Hinter seinem Kopf, auf einem Bildschirm, zeigten Kurven, die sich immer neu aufbauten, verschiedene Werte an.

»Ach Peterle!« Opa Henrys Stimme war schwach und brüchig. Als er den Arm heben wollte, um seinem

Enkel die Hand zu geben, fiel sie nach wenigen Zentimetern kraftlos zurück.

Peter zog einen Stuhl zum Bett und setzte sich dicht neben seinen Opa. »Wie geht's dir denn?« Im gleichen Moment dachte er: Was für eine unsinnige Frage, ich seh es doch.

»Ich bin am Ende, und i ben eiverschtande damit.« Die Stimme des Alten wurde etwas kräftiger. »Wie ich heut morga zu mir komma bin, hab ich lang drüber nachdenkt: Ich glaub, ich hab niemand was Böses getan in meinem Leben, ich mein, ich muss mich bei keinem entschuldigen. Ond des ischt ja au scho was, oder?« Ein Lächeln huschte über das alte, eingefallene Gesicht voller tiefer Falten.

Peter brachte keinen Ton heraus. Deshalb nickte er nur zustimmend und nahm die Hand des Großvaters. Sie fasste sich seltsam an, die Haut schien wie Pergamentpapier. »Du kommst wieder auf d' Füß«, brachte er schließlich hervor.

Heinrich Heiland schüttelte den Kopf. Man sah, dass ihn das viel Mühe kostete. »Weißt noch, vor zwei Jahr war ich schon amal beinah so weit. Kurz davor hab ich beim Friedhofsamt g'fragt, ob ich neben meiner Frau liegen kann.«

»Ja, ich erinnere mich. Aber du musst mir das nicht noch mal erzählen. Das strengt dich zu sehr an.«

»Sie haben g'sagt, da hätt ich mich früher drum kümmern müssa und gleich ein Doppelgrab kaufe«, fuhr der Alte unbeirrt fort, obwohl ihm das Reden sichtlich schwerfiel. »Aber du könntest dich darum kümmern, dass ich wenigstens in ihrer Nähe liega kann.«

»Jetzt werd' du erst amal wieder g'sund«, sagte Peter.
»Ich guck morgen noch mal rein.«

Opa Henry ging nicht darauf ein. »Ich hab damals schon zu dir g'sagt: »Zum Sterba mues mr sich entschließa. Man muss wissa, wann's genug ist. Und wenn mr des weiß, kann mr selber entscheida: Jetzt ist es Zeit!«

»Ja, ja, das hast damals g'sagt, und dann bist ganz schnell wieder g'sund worda.«

»Aber desmal isches anders, glaub's mir, Bua. I bin so froh, dass es dir gut geht mit deiner Hanna und dem Kind.«

Als Peter Heiland die Klinik verließ, ging er zu einer Bank am Rande des Parkplatzes und setzte sich. Dem Strom der Tränen, der ihn plötzlich übermannte, konnte er nicht widerstehen. Er wollte es auch nicht.

Opa Henry starb in der darauffolgenden Nacht. Er sei abends ganz ruhig eingeschlafen, berichtete eine Schwester, und nicht mehr aufgewacht.

Ernst Bienzle hatte sich mit Peter Heiland und seiner Familie in der »Alten Post« zum Frühstück verabredet und war dabei, als Peter die Nachricht vom Tod seines Großvaters erhielt. Obwohl er damit gerechnet hatte, dass es so kommen würde, war es für Peter doch, als habe man ihm plötzlich den Boden unter den Füßen weggezogen. Es war eine Weile ganz still am Tisch, nachdem er aufgelegt und den einfachen Satz gesagt hatte: »Opa Henry ist gestorben.«

Hanna griff nach der Hand ihres Mannes.

»Wenn ich irgendwie helfen kann …«, kam es etwas unbeholfen von Bienzle.

Der kleine Heinrich fragte: »Kommt Opa Henry jetzt in den Himmel?«

Peter Heiland nickte ein paar Mal nachdrücklich und sagte leise: »Ja, wenn einer in den Himmel kommt, dann er!«

11

Um die gleiche Zeit tranken Carl Finkbeiner, Jenny Kreuters und Norbert Meier Kaffee im Gemeinschaftsbüro der Kommissare. Meier hatte einen Bericht der Spurensicherung vor sich liegen.

»Haltet euch fest«, sagte er, »die Spusi hat in dem roten Porsche von Schubert DNA-Spuren von zwei Personen gefunden, die wir kennen: Leon Schubert natürlich und – nun ratet mal.«

Carl Finkbeiner verdrehte die Augen, sagte aber nichts, und auch Jenny schwieg leicht genervt.

Meier dehnte die Kunstpause etwas aus und sagte dann: »Von dem Stricher, den Moritz von Wetzstein in Notwehr erschossen hat.«

Die beiden anderen schauten ihn überrascht an. »Tatsächlich?«, fragte Jenny.

»Irrtum ausgeschlossen«, antwortete Meier.

»Man wird diesen Herrn von Wetzstein noch mal verhören müssen«, sagte Carl Finkbeiner.

Meier winkte ab. »Das ist nicht so einfach. Er ist aus der Untersuchungshaft entlassen worden. Ich weiß jetzt nicht, ob er 'ne Kaution bezahlt hat oder so wieder rauskam. Immerhin ist er ein Mann mit Beziehungen. Ich könnte mir vorstellen, dass er sich auf dem schnellsten Weg ins Ausland abgesetzt hat.«

Die Tür ging auf. Der leitende Hauptkommissar Axel Olbrich von der 2. Mordkommission kam herein. »Störe ich?«

»Nö«, antwortete Meier. »Einen Kaffee?«

»Gerne!«

Während Jenny einen Becher für ihn füllte, sagte Olbrich: »Wir haben endlich die Personalien von diesem Stricher, den Moritz von Wetzstein erschossen hat.«

»Und?«

Olbrich setzte sich auf die Kante von Jennys Schreibtisch und nahm mit einem Kopfnicken den Kaffee entgegen. Bevor er antworten konnte, schellte das Telefon auf Carl Finkbeiners Tisch. »Warte einen Moment«, sagte Carl, meldete sich, hörte dann zu und sagte schließlich. »Mann, das tut mir leid. Das ist ein verdammt harter Schlag für dich. … Ja, ja, bei uns läuft alles, wir kommen vorwärts, aber das hat Zeit, bis du wieder einen Kopf dafür hast. Ich drück dir die Daumen.« Finkbeiner legte auf. »Peters Großvater ist gestorben.«

Axel Olbrich, der nicht wusste, in welchem Verhältnis sein Kollege Heiland zu dessen Großvater gestanden hatte, sagte: »Das ist der Lauf der Welt. Der muss doch ziemlich alt gewesen sein, wenn er Heilands Großvater war.«

»87«, sagte Jenny.

»Na, da ist keine Hebamme mehr dran schuld«, antwortete der Kollege, musste aber feststellen, dass er mit seinem kleinen Scherz nicht gut ankam.

»Wir haben den alten Herrn alle gut gekannt und ins Herz geschlossen. Ein ganz wunderbarer Mensch war das, und Peter hatte eine verdammt enge Beziehung zu ihm«, erklärte Carl Finkbeiner.

»Entschuldigung«, kam es von Olbrich, »konnte ich ja nicht wissen.«

»Also«, nahm Meier wieder das Wort, »was war das nu für einer, der Stricher?«

»Im Unterschied zu diesem Leon Schubert wirklich ein Hartz-IV-Empfänger. Dass Herr von Wetzstein sich es von so einem besorgen ließ, kann man sich schwer vorstellen.«

Meier nickte. »Sonst hat er sich so Edelnutten wie diesen Leon Schubert ins Haus geholt.«

»Ja, aber manche reizt grade das Milieu am Bahnhof, am Kottbusser Tor oder im Görlitzer Park, wo die Typen besonders heruntergekommen sind«, meinte Olbrich.

Finkbeiner meldete sich: »Aber dann ist es doch seltsam, dass dieser – wie heißt dieser Mensch nun eigentlich?«

»Kevin Katz«, warf Olbrich ein.

»… dass dieser Katz offenbar mit Schubert bekannt war.«

»Wie kommst du darauf?«, fragte Olbrich.

Statt Finkbeiner antwortete Meier: »Wir haben DNA-Spuren von den beiden im selben Auto gefunden.«

»Wisst ihr denn, wo Katz seine Bleibe hatte?«, fragte Jenny.

Olbrich nickte: »In der Nähe vom Schleusenkrug,

etwa 50 Meter entfernt am Kanalufer. Da haust eine ganze Gruppe Nichtsesshafter. Haben sich ziemlich gemütlich eingerichtet.«

»Vielleicht könnte man dort den einen oder anderen Kumpel von Katz befragen«, fuhr Jenny fort.

»Macht ihr das oder machen wir das?«, fragte Olbrich.

»Wir übernehmen das«, entschied Meier.

»Na, prima. Dann will ich nicht weiter stören.« Axel Olbrich trank seinen Kaffee aus und verließ das Büro.

Carl Finkbeiner sah Meier an. »Wenn's dir recht ist, gehe ich am Abend hin.«

»Da würde ich gerne mitkommen«, ließ sich Jenny hören.

Meier hatte keinen Einwand.

Zwischen dem träge dahinfließenden Landwehrkanal und der Zufahrt zum Biergarten am Schleusenkrug zog sich ein grüner Gürtel aus niedrigen Bäumen und dichtem Buschwerk entlang. Von jenseits des Kanals hörte man den Lärm der Straße des 17. Juni. Carl Finkbeiner und Jenny Kreuters hatten den Dienstwagen auf dem Parkplatz an der Hertzallee abgestellt und waren den Rest zu Fuß gegangen. Den Tag über war es angenehm warm gewesen, aber jetzt, da die Sonne unterging, wurde es schlagartig kühl. Finkbeiner entdeckte einen kaum wahrnehmbaren Trampelpfad, der von der gepflasterten Straße nach links in das Gebüsch führte. Der Kommissar schlug ein paar Zweige zur Seite und folgte dem schmalen Weg. Jenny blieb dicht hinter ihm. Das Wasser des Kanals schimmerte durch das Buschwerk. Kurz vor dem Ufer wich das Grünzeug etwas zurück, und eine Art Lichtung tat sich auf, kaum größer als zehn Quadratmeter. Links und rechts der freien Fläche waren unter niedrigen Bäumen Lager aufgeschlagen. Aus verschiedenen Planen hatte ein geschickter Mensch drei Zelte gebaut, die durch Äste gestützt und befestigt worden waren. Vor einem dieser Zelte saß mit gekreuzten Beinen eine Frau im perfekten Yogasitz. Vor sich hatte sie einen Esbitkocher, auf dem eine geöffnete Konservendose stand, deren Inhalt leise vor sich hin brodelte. Die Frau trug einen grauen Parka, der ihr viel zu groß war und dessen Kapuze sie tief über den Kopf gezogen hatte, darunter eine Jeans. Die Füße waren nackt. Sie schien die beiden nicht zu bemerken. Leise sang sie vor sich hin. Dazu bewegte sie die Finger beider Hände in einem rhythmischen Spiel gegeneinander. Finkbeiner und Jenny blieben ein paar Augenblicke ruhig stehen und beobachteten sie. Schließlich räusperte sich der Kommissar und sagte: »Guten Abend!«

Die Frau hob den Kopf und sah zu ihm auf. Dabei rutschte ihr die Kapuze in den Nacken. Ein junges Gesicht kam zum Vorschein. Aus klaren, hellblauen Augen sah sie die Fremden an. »Was wollen Sie?«

Jenny ließ sich neben ihr nieder und kreuzte ebenfalls die Beine, allerdings beherrschte sie den Yogasitz nicht. Es sah ein bisschen hilflos aus. »Wir wollten eigentlich zu Kevin Katz.«

»Das geht nicht mehr.« Das Gesicht der jungen Frau zeigte keinerlei Ausdruck.

»Das wissen wir«, sagte Jenny. »Ich sagte ja, eigentlich wollten wir zu ihm, und weil das nicht mehr geht, suchen wir jetzt Leute, die über ihn Auskunft geben können.«

Carl Finkbeiner war stehen geblieben. Er lehnte sich gegen einen dünnen Baumstamm und überließ bewusst seiner Kollegin das Gespräch.

»War er Ihr Freund?«, fragte Jenny.

»Könnte man so sagen.«

»Da geht es Ihnen bestimmt sehr schlecht.«

»Es ist vorbei. Ich bleibe nicht mehr lange hier, dann geh ich zurück.«

»Zurück? Wohin?«

»Zu meiner Mutter. Sie hat nie verstanden, dass ich hier leben wollte, aber sie hat es toleriert, und so jemanden suchen Sie mal.« Die junge Frau hatte ihren Blick starr auf das Wasser gerichtet.

»Waren Sie denn ein Paar, Sie und Kevin?«

»Er war mein Bruder – also mein Halbbruder. Wir haben den gleichen Vater.«

»Jetzt muss ich Sie doch fragen«, sagte Jenny, »warum geben Sie mir so bereitwillig Auskunft?«

Zum ersten Mal wendete die junge Frau ihren Blick vom Wasser ab. Sie sah Jenny an. »Sie sind von der Polizei, nicht wahr? Offenbar ermitteln Sie, wie es zum Tod von Kevin gekommen ist. Ich hoffe, Sie machen das gut und kriegen die Wahrheit raus.«

Auf dem Kanal fuhr ein Rundfahrtschiff vorbei. Die Menschen an Deck schienen ein Fest zu feiern. Schlagermusik und laute Stimmen dröhnten herüber. Niemand schien das Trio am Ufer wahrzunehmen.

»Wie heißen Sie?«, fragte Jenny.

»Franziska Katz.«

Finkbeiner trat zu den beiden. »Wie wär's, wenn wir drei zusammen etwas essen gingen?«

»Guter Vorschlag«, sagte Jenny.

Franziska Katz nahm einen Lappen, wickelte ihn um die Konservendose und nahm sie behutsam vom Feuer. Dann blies sie die Flamme aus. Sie stand auf und stellte die Dose auf einen Stein vor einem der drei Zelte. »Basti kommt später«, sagte sie. »Er isst die Ravioli auch kalt.« Sie warf den Parka in eines der Zelte und zog einen roten Anorak hervor, danach eine Tasche, und als sie sich aufrichtete, sagte sie: »Das sind alle meine Habseligkeiten.«

»Wenn Sie erlauben ...« Carl nahm ihr die Tasche ab.

»Gehen wir in den Schleusenkrug?«, fragte sie. »Sind ja nur ein paar Schritte.«

»Gerne«, antwortete der Kommissar.

Der Biergarten war um diese Zeit zu gut zwei Drittel besetzt, obwohl es eigentlich schon zu kühl war, um draußen zu sitzen. Carl übernahm es, das Essen und die Getränke am Selbstbedienungstresen zu holen. Währenddessen nahmen die beiden Frauen an einem der groben Holztische Platz.

»Kannten Sie einen Leon Schubert?«, fragte Jenny.

»Was heißt kannten, ich kenne ihn.«

»Er ist leider auch tot, ebenfalls ermordet. Wir wissen nicht, ob die beiden Fälle etwas miteinander zu tun haben, aber es könnte sein.«

»Ich hab Leon nie gemocht.« Franziska Katz blieb

weiter ganz sachlich. »Er hatte keinen guten Einfluss auf Kevin.«

»Hat Ihr Bruder schon länger Platte gemacht?«

»Seit zwei Jahren. Anderthalb Jahre lang hab ich ihn gesucht. Das ist eine Geschichte, aus der ein Schriftsteller einen Roman machen könnte.«

»Wussten Sie denn, dass er als Stricher gearbeitet hat?«

»Kevin?« Zum ersten Mal zeigte sie so etwas wie eine Emotion. »Kevin? Niemals!«

»Moritz von Wetzstein, der Ihren Bruder erschossen hat, ist homosexuell und hat angegeben, Kevin am Bahnhof Zoo aufgegabelt zu haben, um sich von ihm befriedigen zu lassen.«

Franziska Katz biss sich auf die Unterlippe, und es dauerte eine ganze Weile, bis sie wieder sprach. »Dann war das die Rolle, die Kevin eingenommen hat, um an Wetzstein ranzukommen.«

»Und warum wollte er an ihn rankommen?«

»Es war der Plan von Leon. Sie wollten ihn erpressen.«

»Aber da jeder wusste, dass Wetzstein schwul ist, konnte man ihn damit gar nicht erpressen.«

»Ach, darum ging es doch gar nicht.«

»Sondern?«

»Leon wusste über irgendwelche Verwicklungen Wetzsteins in schwere Korruptionsgeschichten Bescheid. Aber frag mich nicht ...«, plötzlich duzte Franziska Katz die Kommissarin, »frag mich nicht, was das im Einzelnen war. Jedenfalls muss dieser Wetzstein eine wahnsinnig korrupte Sau sein.«

Carl Finkbeiner, der in diesem Augenblick das Tablett mit den Getränken und Speisen auf den Tisch stellte, hatte den letzten Satz noch gehört. »Das würde mich nicht wundern«, sagte er und setzte sich zu den beiden Frauen.

Während Carl die Gläser und das Essen verteilte, fasste Jenny in kurzen Sätzen zusammen, was Moritz von Wetzstein in dem Gespräch mit Peter Heiland ausgesagt hatte.

Franziska hörte ihr sehr aufmerksam zu und begann dann von selbst zu erzählen, wie sie sich, gleich nachdem sie ihr Abitur gemacht hatte, auf die Suche nach ihrem Bruder begeben hatte. »Wir haben uns wahnsinnig gut verstanden, Kevin und ich. Dabei wollten unsere Eltern immer nur mit allen Mitteln verhindern, dass wir uns treffen.«

»War Kevin älter oder jünger als Sie?«

»Das ist ja der Witz: Wir waren beide etwa gleich alt. Mein Alter hat meine Mutter betrogen, während sie mit mir schwanger war, und er hat der anderen um diese Zeit ein Kind gemacht. Kevin eben. Das Geheimnis flog erst auf, als ich zwölf Jahre alt war und mein Erzeuger sich von meiner Mutter scheiden ließ. Ich hab das damals nicht so richtig begriffen. Hab nur wahnsinnig darunter gelitten, dass er plötzlich weg war. Später dann, als mir klar wurde, wie beschissen er sich verhalten hat, habe ich total mit ihm gebrochen. Aber ich hab heimlich Kontakt zu Kevin aufgenommen. Wir haben uns auf Anhieb mega gut verstanden.« Sie brach ab und widmete sich ihrem Kassler mit Kartoffelsalat.

»Wie ist es passiert, dass Kevin so abgerutscht ist?«

»Irgendwann hat er keinen Bock mehr gehabt. Auf nichts mehr. Hat nur noch rumgehangen, angefangen zu kiffen und auch zu koksen. Das Geld, das ihm unser Alter immer wieder zugesteckt hat, hat er genau dafür ausgegeben. Abi hat er nicht gemacht. Eine Lehre als Industriekaufmann hat er geschmissen. Stattdessen hat er Musik gemacht, in so 'ner Band, die nie einen Fuß auf den Boden gekriegt hat. Ehrlich gesagt: Die waren auch richtig schlecht.« Sie lachte auf. »Mein Bruder als Rapper! Es war die reine Katastrophe. Und dann ist er plötzlich verschwunden, aber so was von radikal. Keine Spur hat er hinterlassen. Niemand wusste, wo er sein könnte. Unser Vater ist total durchgedreht, dabei war er doch eigentlich schuld daran. Er hat sich nie für seine Kinder interessiert, weder für Kevin noch für mich. Stattdessen hat er sich durch die Gegend gevögelt. Alle paar Wochen 'ne andere Tussi, und als seine zweite Frau das gemerkt hat, hat sie ihn rausgeschmissen. Kevin hat das alles nicht verkraftet. Er ist …«, sie schluckte, »… er war ein unheimlich sensibler Typ. Dass er mir nicht Bescheid sagte, wo er abgeblieben war, hab ich ihm lange übel genommen.« Sie nahm einen Schluck aus ihrem Bierglas und stellte es so heftig auf den Tisch, dass ein Teil des Getränks überschwappte.

»Und weißt du, was Leon und Kevin gegen von Wetzstein in der Hand hatten?«, fragte Jenny.

Franziska schüttelte den Kopf. »Offenbar war seine Firma, also die Filmproduktion, pleite. So viel hab ich mitgekriegt. Die funktioniert nur noch als Geldwasch-anlage, hat Leon einmal gesagt. Der Arsch mache andere Geschäfte, bei denen er mega gut verdiene. Was weiß ich, irgendwas mit Immobilien oder so.« Sie nahm einen langen Schluck aus ihrem Bierglas. »Es war auch mal von Erotikshops und Fitnessklubs die Rede.«

»Fiel der Name Wassyl Grosni mal?«, wollte Carl Finkbeiner wissen.

»Ne. Kann ich mich nicht erinnern.«

»Und Pjotr Poschnew?«

»Tut mir leid.« Sie schüttelte den Kopf.

»Das muss Ihnen nicht leidtun«, sagte Finkbeiner.

Als sie gegessen und getrunken hatten, fragte Franziska Katz: »Könnt ihr mich bei meiner Mutter vor-beifahren?«

Jenny stand auf und räumte das Geschirr zusammen. »Klar, machen wir!« Sie brachte die Teller, die Gläser und das Besteck zur Geschirrabgabe und kam rasch zurück.

»Wird wahrscheinlich schwierig für dich«, sagte sie.

Franziska zuckte die Achseln. »Meine Mutter wird total ausflippen vor Freude, dass ich wieder da bin. Das ist allerdings schwer auszuhalten.«

Im Auto fragte Carl Finkbeiner: »Haben Sie eine Ahnung, woher Leon Schubert wusste, dass Wetzstein in irgendwelche illegalen Geschäfte verwickelt war?«

»Ja. Er war wohl jahrelang so eine Art Geldbote für irgendeinen Russen, der riesige Geschäfte am Flugha-fen macht. Offenbar hat er einen Teil des schwarzen Geldes, das gewaschen werden sollte, transportiert und neu untergebracht. Er muss darin sehr geschickt gewesen sein.«

»Aber das war doch sicher ein lukratives Geschäft?«

»Leon war so einer, der nicht genug kriegen konnte. Außerdem hat er Zoff mit Wetzstein bekommen und wollte sich an ihm rächen. Er selbst wäre ja nicht in Erscheinung getreten. Die Erpressung sollte Kevin alleine durchziehen. Leon hat ihm das Material dazu geliefert.«

Sie hielten kurz vor Franziskas Haus. Die junge Frau stieg aus, ohne sich zu bedanken, und ging mit schnellen Schritten auf das Haus zu. Sie nahm die fünf Treppen zur Haustür in zwei Sätzen und klingelte. Dann sagte sie etwas in die Gegensprechanlage. Die Tür ging auf und fiel Sekunden später hinter der jungen Frau zu.

Carl Finkbeiner saß auf dem Fahrersitz, die Hände auf dem Steuer. »Sachen gibt's! Die geht einfach nach Hause, als ob nichts gewesen wäre. Neulich hab ich ein Buch gelesen von einem Mann, der in Paris einen Plattenladen hatte. Als das Geschäft mit Vinylscheiben nicht mehr lief, ging er bankrott, hatte mächtig Schulden, musste aus seiner Wohnung raus, weil er die Miete nicht mehr bezahlen konnte, und rutschte so nach und nach in die Obdachlosigkeit ab. Eine Gruppe von Freunden hat ihn gesucht, um ihn zu retten. Aber als sie ihn gefunden haben, wollte er nicht mehr zurück. Ein Leben unter einem festen Dach und zwischen engen Wänden konnte er sich nicht mehr vorstellen. Einen witzigen Namen hatte er: Vernon Subitex.«

»Ich bin froh, dass das Mädel ein Zuhause hat, in das es zurückkehren kann«, sagte Jenny ernst. »Wer weiß, was sonst aus ihr geworden wäre.«

Eine Viertelstunde später hielt Finkbeiner in der Muskauer Straße am Mariannenplatz.

»Hier wohnst du also?« Carl sah an dem Neubau hinauf.

»Ja, oben im dritten Stock. Zwei Zimmer, Küche, Bad. Wenn ich nicht so müde wäre, würde ich dich noch auf einen Absacker einladen.«

»Den hab ich dann aber gut bei dir.« Zu seiner eigenen Überraschung beugte er sich zu ihr hinüber und hauchte ihr einen Kuss auf die Wange.

»Hoppla«, sagte sie, nahm dann aber kurz seinen Kopf in beide Hände und küsste ihn auf die Stirn. »Gute Nacht, Kollege!« Sie sprang aus dem Auto und warf die Beifahrertür hinter sich zu. Carl Finkbeiner blieb unbeweglich hinter dem Steuer sitzen, bis sie im Haus verschwunden war.

Um diese Zeit war Norbert Meier noch im Büro. Ihm gegenüber saß ein schmaler Mann, dessen runde Brillengläser seine Augen ungewöhnlich groß erscheinen ließen. »Es ist diese seltsame Mischung aus Russisch und Ukrainisch, wie sie im Donbass gesprochen wird. Das ist die Gegend, wo sich Russen und Ukrainer gerade bekriegen. Ein Kohle- und Industrierevier.« Es hatte eine Zeit gedauert, bis sie einen Dolmetscher bekommen hatten, der das Handy von Wassyl Grosni abhören

und die Nachrichten darauf übersetzen konnte. Sorgfältig schrieb der Übersetzer den Text in Deutsch auf
einen Block und reichte ihn an Meier weiter. Die erste
war lapidar. »Du sagst diesem Schwanzlutscher Leon,
er soll sofort damit aufhören, ehrenwerte Männer zu
belästigen, sonst wird er dafür teuer bezahlen und du
genauso.« Die zweite Nachricht lautete: »Entweder du
rückst die Fotos und den Film sofort raus, oder wir
holen ihn, und das überlebst du dann nicht, du Scheißkerl. Du hast 24 Stunden Zeit, die ganze Geschichte
aus der Welt zu schaffen. Das ist ein Ultimatum, verstanden.«

12

Peter Heiland, seine Frau Hanna und der kleine Heinrich saßen im Zug zurück nach Berlin. Mit der großzügigen Hilfe seines einstigen Chefs, Ernst Bienzle, war es Peter gelungen, die notwendigen Formalitäten nach dem Tod seines Großvaters rasch zu erledigen. Die Leiche Heinrich Heilands war auf dem Weg nach Riedlingen. Das Begräbnis war für den 12. Oktober vorgesehen.

Während Hanna mit ihrem Sohn Heinrich Karten spielte, las Peter auf seinem Tablet die Berichte seiner Mitarbeiter aus Berlin. »Endlich werden wir mal wieder zusammenarbeiten«, sagte er unvermittelt.

»Wir? Du und ich?«, fragte Hanna.

»Ja, Kriminaldirektor Weiser hat die Abteilung Wirtschaftskriminalität mit unserer Mordkommission zusammengespannt, berichtet Norbert Meier. Hintergrund für die Morde seien wohl Geldwäschevergehen und Korruption. Mehr schreibt er leider nicht.«

»Weiser? Warum nicht Wischnewski?«

»Da wird man nicht lange fragen müssen. Ich hab dir doch gesagt, dass er am Telefon total betrunken gewirkt hat.«

»Du glaubst also an einen Rückfall?«

»Ja, aber diesmal kostet es ihn seinen Job. Weiser und vor allem die Staatsanwältin Doktor Meineke haben ja nur darauf gewartet, dass es ihn wieder erwischt.«

»Machen wir weiter?«, quengelte Heinrich.

Hanna gab neue Karten aus und sagte zu Peter: »Wir müssen uns um Wischnewski kümmern, sobald wir Zeit haben.«

Peter nickte und wendete sich seinem Computer zu.

Die Kooperation zwischen der 7. Mordkommission mit der Abteilung Wirtschaftskriminalität und Korruption führte dazu, dass Norbert Meier und der Chef der Wirtschaftsabteilung, Axel Olbrich, gemeinsam nach Neurudnitz fuhren. Die beiden kannten sich seit der Polizeischule, sie waren zwar nie Freunde geworden, respektierten sich aber gegenseitig.

Olbrich, der zwischendurch den Polizeidienst verlassen hatte, um Wirtschaftswissenschaften zu studieren, damit er nach seinem Diplom mit erweiterten Chancen zur Polizei zurückkehren konnte, war seit zwei Jahren Abteilungsleiter.

»Doktor Paul Angermann«, stellte sich der Chef des Gewerbeaufsichtsamtes vor. »Ein Glück, dass Sie sich angemeldet haben, meine Herren, ich wäre sonst gar nicht im Haus.« Norbert Meier schätzte den Beamten auf etwa 40 Jahre. Er war klein, höchstens 1,65 Meter. Seine dickliche Gestalt verriet, dass er sich wenig bewegte. Beim Reden hob er alle paar Sekunden beide

Schultern, was den Eindruck machte, als ziehe er jedes Mal seinen runden Kopf ein, der auf einem kurzen Hals saß. »Was kann ich für Sie tun?«

Die beiden Kommissare verständigten sich durch Blicke, und Olbrich übernahm die Befragung. »Es geht um die Firma Bodenbau. Stimmt es denn, dass sie einem Russen gehört?«

»Wenn Sie Herrn Poschnew meinen, der ist seit viereinhalb Jahren deutscher Staatsbürger.«

»Ach, so genau wissen Sie das?«, warf Meier ein.

»Nun, Neurudnitz ist nicht so groß. Man kennt sich natürlich.«

Olbrich nickte. »Wären Sie bereit, etwas über die Bonität des Herrn Poschnew beziehungsweise seiner Firmen zu sagen?«

»Die Bodenbau GmbH und Co ist kerngesund, sie steht wirtschaftlich blendend da. Auch die zukünftige Auftragslage soll sehr gut sein. Herrn Poschnew ist es gelungen, am BER – ich sage mal – ein paar gute Stücke vom Kuchen zu bekommen.« Doktor Angermann hob zwei Mal hintereinander seine dicken Schultern bis fast zu den Ohren.

»Und da ging alles mit rechten Dingen zu?«

Angermann schob sein Gesicht etwas nach vorne. Er schloss die kleinen Augen, zog die Luft durch die Zähne und stieß sie geräuschvoll aus. »Es wird nicht leicht sein, das Gegenteil zu beweisen.«

Die beiden Kommissare sahen den Beamten überrascht an, der im gleichen Augenblick seine kurzen Arme hob und mit den Händen eine abwehrende Bewegung machte. »Verstehen Sie mich bitte nicht falsch. Ich habe nichts gesagt.«

Meier grinste. »Wenn einer nichts sagt, kann man ihn auch nicht falsch verstehen.«

Doktor Angermann zog eine Schreibtischschublade auf, entnahm ihr eine Tüte Bonbons und schob einen in den Mund. Sorgfältig verwahrte er die Süßigkeiten wieder an ihrem Platz. »Für die Vergabe der Aufträge ist die Flughafengesellschaft verantwortlich. Da haben wir nicht mitzureden.«

»Aber Sie profitieren durch Steuereinnahmen«, ließ sich Olbrich hören.

»Ja, aber dazu müssten Sie die Finanzbeamten der Stadt und des Kreises fragen.«

Carl Finkbeiner räusperte sich. »Herr Poschnew hat eine Reise nach Moskau gebucht, aber sie nicht angetreten.«

»Na ja, diese viel beschäftigten Manager ...« Angermann verschränkte seine Hände hinter dem Kopf und lehnte sich in seinem Stuhl zurück.

»Sie haben nicht zufällig eine Ahnung, wo wir den Herrn finden könnten?«

»Wenn er sich zurückgezogen hat, ist er vielleicht in seiner Hütte in Lobetal. Dort verbringt er seine freie Zeit, hat er mal erzählt, allerdings in der Regel mit Arbeit. Das sei aber kein Problem, er habe ja keine Familie und es gebe niemanden, auf den er Rücksicht nehmen müsse.«

»Treffen Sie ihn eigentlich regelmäßig?«, fragte Olbrich.

Angermann richtete sich ein wenig auf. »Wie kommen Sie darauf?«

»Sie wissen so gut Bescheid über ihn.«

»Ich habe vor ein paar Jahren den Wirtschaftskreis der CDU gegründet. Wissen Sie, im Westen sind die Geschäftsleute schon immer in Netzwerken verbunden, wenn ich mal so sagen soll, bei uns mangelt es an derartigen Gemeinschaften. Herr Poschnew ist eines unserer Mitglieder, wenngleich …« Er unterbrach sich.

»Wenngleich?«, fragte Olbrich.

»Nun, Pjotr Poschnew ist ein – wie soll ich sagen? – ein besonderer Mensch, sag ich mal.«

»Inwiefern?«

»Na ja, er ist sehr dominant. Unsere Mitglieder sind Handwerker und Kleinunternehmer. Er aber – wie soll ich sagen? Er dreht ein ganz großes Rad. Der Mann bewegt Millionen, und natürlich weiß er alles besser. So ein gestandener Brandenburger lässt sich aber nicht gerne ständig belehren, wenn Sie verstehen, was ich meine.«

»Nur zu gut«, antwortete Olbrich. »Ich stamme aus Cottbus.«

»Andererseits: Herr Poschnew hat sich auch schon sehr großzügig gezeigt. Manchen Firmen, die in finanzielle Schwierigkeiten geraten sind, hat er mit sehr günstigen persönlichen Krediten geholfen.«

»Haben sich daraus irgendwelche Abhängigkeiten ergeben?«, fragte Olbrich.

Angermann blinzelte. »Interessant, dass Sie das fragen. Sagen wir mal so: Mancher Unternehmer ist Herrn

Poschnew sehr zu Dank verpflichtet, und es kann schon passieren, dass er diesen Dank auch einfordert.«

»In welcher Weise?«

»Indem er zum Beispiel, wenn er einen Handwerker bei seinen Bauprojekten eingesetzt hat, nicht durchgehen lässt, wenn der die vereinbarten Termine nicht hält.«

»Verstehe. Laufen irgendwelche Prozesse deswegen?«

»Da müssten Sie beim Neuruppiner Amtsgericht fragen. Das ist für den BER zuständig.« Angermann sah auf seine Armbanduhr. »Tut mir leid, ich habe leider um elf Uhr einen Termin. Aber melden Sie sich gerne, wenn Sie Fragen haben.« Er stand auf und reichte den beiden Besuchern die Hand.

»Wunderbar«, rief Meier begeistert, als sie das Rathaus verließen. Er breitete die Arme aus. »Über 20 Grad, blauer Himmel, ein laues Lüftchen.«

Olbrich sah den Kollegen leicht befremdet an. »So kenne ich dich überhaupt nicht. Bist du auf einmal so einer, dessen Laune vom Wetter abhängt?«

»Nicht immer, aber manchmal schon. Vor allem an Tagen, an denen ich mit meinem Personal Couch trainiere, und das ist heute Abend der Fall.«

»Aber vorher sollten wir versuchen, Pjotr Poschnew in seiner Hütte anzutreffen.«

»Okay, auf nach Lobetal.«

»Warst du schon mal dort?«

»Nö«, antwortete Meier.

»Ich schon, sogar mehr als einmal. Während meines

Studiums habe ich sogar eine Arbeit über die Landkommune Lobetal geschrieben.«

Meier, der am Steuer saß, sah zu Olbrich hinüber. »In irgendeinem Zusammenhang hab ich den Namen Lobetal auch mal gehört, aber meinst du, ich komm' drauf?«

»Da gibt's verschiedene Möglichkeiten. Vielleicht hast du mitgekriegt, dass Erich Honecker und seine Frau Margot gleich nach der Wende bei dem Lobetaler Pfarrer Uwe Holmer untergekrochen sind. Er hat ihnen sozusagen Kirchenasyl gewährt.«

»Mensch! Das war in Lobetal?«

Olbrich nickte. »Es gäbe noch andere Geschichten, in denen Lobetal eine Rolle spielt. Gegründet wurde das Dorf Anfang des letzten Jahrhunderts von Friedrich von Bodelschwingh als Arbeiterkolonie unter dem Motto ›Arbeit statt Almosen‹. Der hat damals schon so was wie eine Genossenschaft im Sinn gehabt. Er hat eine sehr erfolgreiche Landwirtschaft aufgezogen, die es heute noch gibt. Alles Bio, verstehste. Lobetaler Milch und Joghurt findest du in jedem einschlägigen Laden in Berlin. Musst du mal drauf achten.«

Sie näherten sich durch das Barnimer Land, das sich in flachen Wellen hinzog, dem kleinen Dorf. Ein See, in dessen Mitte eine mächtige Sandbank lag, erregte Meiers Interesse. »Wie kommt der viele Sand dorthin?«

Olbrich war stolz, auch dies zu wissen. »Der unterirdische Zufluss versandet mehr und mehr, gleichzeitig fällt der Grundwasserspiegel, und daran ist die NVA schuld, die Nationale Volksarmee der DDR.«

»Jetzt hör aber auf!«

»Stimmt aber. Ein Stück südöstlich liegen die Tief-bunker der NVA. Und als die angelegt wurden, hat sich unterirdisch alles verändert – eben auch der Zufluss zum Mechesee.«

Olbrich stellte den Dienstwagen vor einem einfachen Gebäude ab. Über der Tür stand auf einem Schild »Alte Schmiede«.

»Wenn sich nichts geändert hat, ist das noch immer eine Begegnungsstätte mit Café.« Olbrich stieg aus.

Meier, der ihm folgte, blieb vor einer Informations-tafel stehen und las laut: »Heute ist die Hoffnungsta-ler Stiftung Lobetal ein Zentrum mit Wohnstätten und Werkstätten für Behinderte, Senioren, Epilepsie- und Suchtkranke – eine Einrichtung des Diakonischen Wer-kes der Evangelischen Kirche in Deutschland.« Er schüt-telte den Kopf. »Und ausgerechnet hierher soll sich der steinreiche Herr Poschnew zurückgezogen haben?«

Die Frage wurde ihm in der »Alten Schmiede« post-wendend beantwortet.

»Ja«, sagte eine hagere, grauhaarige Frau hinter dem Tresen, »der Herr Poschnew wohnt im Elstergrund. Es geht über einen Feldweg ein Stück in den Wald hinein. Das finden Sie leicht.«

»Was ist er denn für einer, der Herr Poschnew?«, fragte Olbrich.

»Auf den lassen wir nichts kommen! Der Mann hat ein großes Herz, er ist unser wichtigster Spender.«

Sie fanden Poschnews Hütte, die sich als ansehnliches Landhaus entpuppte, auf einer kleinen Waldlichtung. Vor dem flachen Gebäude, das von einem gepflegten Garten umgeben war, parkten bereits zwei Autos: ein schwarzer Jeep und ein etwas heruntergekommener Kombi in einer undefinierbaren Farbe zwischen grau, braun und grün.

Aus dem Haus erklang Musik. »Klingt nach Keyboard«, sagte Olbrich.

Sie durchschritten das schmale Gartentor und näherten sich auf einem Weg aus rötlichen Platten dem Haus. Als sie es erreichten, ging die Tür auf. Die Musik im Hintergrund brach kurz danach ab. Auf der Schwelle stand ein bulliger Mann um die 60. Er war barfuß und trug eine graue Jogginghose und dazu ein Achselhemd in der gleichen Farbe. Die Arme waren muskulös. Sein Gesicht zeigte einige Narben und war gerötet. Er sah aus wie ein alt gewordener Boxer. »Was wollen Sie?«, fragte er, und sein russischer Akzent war selbst bei diesen drei Wörtern zu erkennen.

Die beiden Kommissare wiesen sich aus. »Sind Sie Pjotr Poschnew?«, entgegnete Meier.

»Ja, warum?«

»Wir ermitteln in zwei Mordfällen.«

»Ja und?«

»Können wir einen Moment hereinkommen?«

»Wenn es sein muss.« Poschnew versuchte gar nicht erst, seinen Unmut zu verbergen. Aber er ging in das Haus zurück und wies die Besucher mit einer herrischen Geste an, ihm zu folgen.

Der Raum war hell, nahm fast die ganze Grundfläche des Hauses ein und war nur sparsam, aber exquisit möbliert. Der Mann am Keyboard stand auf. Überrascht rief Norbert Meier: »Herr Salzbrenner! Also Sie hätte ich hier nicht erwartet.«

Der Musiker verzog sein weiches Gesicht zu einem schiefen Grinsen. »Ich Sie auch nicht.«

»Die Herren kennen sich?«, fragte Poschnew überrascht.

»Herr Salzbrenner war der Lebensgefährte von Leon Schubert.« Während Meier dies sagte, beobachtete er Poschnew scharf. Aber der zeigte keinerlei Reaktion. »Leon Schubert war eines der Mordopfer«, ergänzte Meier.

»Kann ja sein. Aber was wollen Sie von mir?«

Meier zog sein Handy aus der Tasche, auf das er die beiden Telefonanrufe und den Film überspielt hatte, die sie auf Grosnis Mobiltelefon gefunden hatten. Er schaltete es ein. Die tiefe Stimme erklang.

Poschnew hörte zu, ohne eine Miene zu verziehen. Als Meier abschaltete, sagte der Russe: »Was soll das?«

»Wir konnten mithilfe unserer russischen Kollegen ermitteln, von welchem Handy diese beiden Anrufe kamen.«

»Ach ja?«

»Es ist auf Ihren Namen registriert.«

»Kann sein. Mir ist vor längerer Zeit ein Mobiltelefon abhandengekommen. Ich habe verschiedene davon.«

»Ich hab kein Wort verstanden«, sagte Salzbrenner.

»Wir haben die Übersetzung dabei«, antwortete Meier und zog ein Stück Papier aus der Innentasche seines Jacketts. »Du sagst diesem Schwanzlutscher Leon, er soll sofort damit aufhören, ehrenwerte Männer zu belästigen, sonst wird er dafür teuer bezahlen und du genauso.« Die zweite Nachricht lautete: »Entweder du rückst die Fotos und den Film sofort raus, oder wir holen ihn, und das überlebst du dann nicht, du Scheißkerl. Du hast 24 Stunden Zeit, die ganze Geschichte aus der Welt zu schaffen. Das ist ein Ultimatum, verstanden.«

»Kann ich das noch mal hören?«, bat Poschnew.

Meier ließ die Aufnahme laufen.

»Die Übersetzung stimmt genau«, sagte der Bauunternehmer nun mit einem Lächeln, »aber dass das auf dem Band nicht meine Stimme ist, werden wohl auch Sie erkannt haben.«

Olbrich nickte. »Ganz recht!«

»Haben Sie denn Wassyl Grosni gekannt?«, fragte Meier.

»Wer ist das?«

»Der Mann, dem die beiden Anrufe galten.«

Poschnew schien intensiv nachzudenken, schüttelte dann aber den Kopf. »Mir begegnen so viele Leute, aber an den Namen kann ich mich nicht erinnern.«

»Aber Sie kannten ihn«, sagte Meier zu Salzbrenner.

»Ich sagte, dass er vermutlich einmal mit Leon auf meinem Hausboot war. Aber ich war mir nicht sicher.«

»So sah er aus.« Meier hielt Salzbrenner das vergrößerte Foto aus Grosnis Pass unter die Nase.

»Ja, das war er wohl.«

Olbrich wendete sich an Poschnew: »Was ist mit Leon Schubert? Haben Sie den auch nicht gekannt?«

»Doch, Maik«, er wies auf den Musiker, »hat ihn ein paar Mal mitgebracht. Sie waren ja so gut wie verheiratet«, jetzt lachte er ein bisschen, während Salzbrenner sein Gesicht in den Händen vergrub, eine Geste, die auf Meier ausgesprochen theatralisch wirkte.

»Wo ist eigentlich Ihr Maserati?«, fragte Meier den Russen.

»Was interessiert Sie daran?«

»Antworten Sie doch einfach. Es ist eine polizeiliche Frage.«

»Den habe ich verkauft.«

»An wen?«

»An irgend so einen Händler, der Autos in den Osten vertickt. Ich weiß nicht, ob die Karre jetzt in Russland oder in Aserbaidschan oder in Polen rumkurvt.« Poschnew grinste, als wäre ihm ein Coup gelungen.

»Wenn Sie mir bitte den Namen und die Anschrift des Händlers geben würden.«

»Tut mir leid. Die Unterlagen habe ich nicht hier. Ich werde meinen Mitarbeiter bitten, Ihnen die Daten durchzugeben.«

Olbrich nahm wieder das Wort. »In Ihrer Firma sagte man uns, Sie seien am Montag letzter Woche nach Moskau geflogen.«

»Das mache ich manchmal. Ich behaupte, unterwegs zu sein, und kann so kontrollieren, wie der Laden läuft, wenn ich nicht da bin. Wie sagt man auf Deutsch: Wenn die Katze aus dem Haus ist, tanzen die Mäuse auf dem Tisch.«

»Und da buchen Sie jedes Mal einen Flug?«

»Sonst glaubt es ja keiner«, lachte der Hausherr. »Man kann so einen Flug ja stornieren.«

»Haben Sie diesmal aber nicht gemacht.«

Zum ersten Mal zeigte Poschnew Wirkung. Er starrte Meier wütend an. »Schnüffeln Sie mir etwa so weit nach, dass Sie sogar meine Reiseunterlagen checken, oder was?«

Meier grinste. »Wenn Sie wüssten! Wir machen noch ganz andere Sachen. Übrigens«, er hob sein Handy hoch, »es gibt hier drauf einen Film, den Wassyl Grosni gemacht hat. Er zeigt den Mord an Leon Schubert und sein Begräbnis im Wald.«

Salzbrenner jaulte auf.

»Und was hab ich damit zu tun?«

»Das wissen wir noch nicht.«

Im Gesicht Poschnews flammte eine unnatürliche Röte auf. Seine Halsschlagader trat hervor, und man konnte sehen, wie sie pulsierte. Von einer Sekunde auf die andere hatte sein fleischiges Gesicht eine Härte angenommen, die er bis dahin unter seiner vermeintlichen Jovialität verborgen hatte. »Sie haben es offensichtlich darauf abgesehen, mir irgendetwas anzuhängen, mit dem ich absolut nichts zu tun habe. Sehen Sie sich vor. Ich bin nicht schutzlos, auch wenn ich Ausländer bin!«

»Sie sind doch deutscher Staatsbürger, und das schon seit viereinhalb Jahren.«

»Aber für Leute wie Sie bleibe ich doch ewig der Russe. Für mich ist das Gespräch beendet!«

»Nur eine Frage noch«, sagte Meier betont ruhig. »Wie kommt denn Ihre Verbindung zustande?« Er deutete mit dem Zeigefinger zwischen Poschnew und Salzbrenner hin und her.

»Das geht Sie nichts an«, zischte Poschnew.

Salzbrenner fühlte sich bemüßigt zu antworten. »Herr Poschnew ist auch im Filmgeschäft tätig. Und er versteht sehr viel von Musik. Deshalb stimme ich mich mit ihm ab, wenn ich für einen Film arbeite.«

»Hab ich dich gebeten zu antworten?«, fuhr ihn der Hausherr an.

Erstaunlich selbstbewusst und in ungewöhnlich scharfem Ton antwortete der Musiker: »Ich brauche dafür keinerlei Erlaubnis, mein Lieber!«

Meier sagte geradezu gemütlich: »Herr von Wetzstein wird uns das sicher bestätigen.«

Poschnew schob seinen mächtigen Kopf vor und ballte seine Fäuste. »Ich will Sie hier nicht mehr sehen!«

»Das wird sich vielleicht nicht vermeiden lassen«, reagierte Olbrich gelassen und ging zur Tür. Meier folgte ihm zögernd.

Poschnew blieb in der Mitte des Raumes stehen, ohne seine Haltung zu verändern, und sah schweigend zu, wie die beiden Kommissare sein Haus verließen.

13

Am Mittwochmorgen versammelten sich insgesamt zwölf Mitarbeiter der 7. Mordkommission und der Abteilung Wirtschaftsverbrechen im kleinen Konferenzsaal des Landeskriminalamtes. Den Vorsitz übernahm Kommissar Olbrich. Er selbst und Meier berichteten über ihre Ermittlungen in Neurudnitz. Olbrich beendete den Bericht mit den Worten: »Der Maserati wurde tatsächlich über einen Gebrauchtwagenhändler nach Russland verkauft. Wir werden ihn aller Wahrscheinlichkeit nach nicht mehr zu Gesicht bekommen, und wenn, dann dürften alle Spuren eines möglichen Crashs mit dem Radfahrer beseitigt sein.«

Carl Finkbeiner und Jenny Kreuters überraschten mit ihren Erkenntnissen nach dem Gespräch mit Franziska Katz. Ein Mitarbeiter wusste zu berichten, dass der Halter des roten Sportwagens inzwischen ermittelt worden war: Leon Schubert, was für die Kollegen keine Überraschung war.

Olbrich wollte gerade damit beginnen, alle bisherigen Erkenntnisse zusammenzufassen, als sich Heilands Handy meldete. Er nahm das Gespräch mit einer entschuldigenden Geste in Richtung seiner Kollegen an und signalisierte nach wenigen Augenblicken mit einem Handzeichen, dass er eine wichtige Nachricht entgegennahm. Die anderen schwiegen, während Peter Heiland mehrmals sagte: »Das ist ja schlimm!« Und schließlich: »Wird er's überleben? – Danke!« Er legte auf. »Das war der Kollege Gernot Kühn aus Tübingen. Beim Ehepaar Grosni in Dettenhausen ist eingebrochen worden. Herr Grosni hat sich den Einbrechern entgegengestellt und wurde so brutal zusammengeschlagen, dass er mit lebensgefährlichen Verletzungen ins Krankenhaus gebracht werden musste. Seine Frau steht unter Schock, konnte aber immerhin noch berichten, dass die Eindringlinge – es seien zwei maskierte Männer gewesen – das Haus bis in alle Winkel durchsucht hätten. Dabei hätten sie immer wieder geschrien: ›Wo ist das Video? Rück' das Video raus!‹ Die Frau hatte keine Ahnung, worum es ging.«

»Möglicherweise um die Aufzeichnung, die wir auf Wassyl Grosnis Handy gefunden haben«, sagte Finkbeiner.

»Glaube ich nicht«, ließ sich Norbert Meier hören. »Dass diese Aufzeichnung in unseren Händen ist, weiß zumindest Poschnew, und dann weiß es wahrscheinlich auch von Wetzstein. So gesehen könnte es sich um einen anderen Film handeln.«

»So ein Ding wie das heimlich aufgenommene Ibiza-Video, über das in Österreich der Vizekanzler gestolpert ist?«, rief ein Kollege dazwischen.

Peter Heiland nickte. »Wir wissen ja nicht, mit welchen Mitteln Kevin Katz von Wetzstein erpressen wollte. Möglicherweise hat er ja mit der Veröffentlichung geheimer Videoaufnahmen gedroht.«

»Alles leider nur Spekulationen«, meinte Olbrich. »Wir haben heut Nachmittag eine Verabredung mit dem Geschäftsführer der Flughafengesellschaft. Vielleicht wissen wir danach mehr, mit welchen geschäftlichen Machenschaften sich die Herren Poschnew und von Wetzstein erpressbar gemacht haben könnten. Ich selbst werde den Termin wahrnehmen. Hanna Heiland wird mich begleiten.«

»Und wir fühlen diesem von Wetzstein auf den Zahn«, sagte Peter Heiland.

Die Filmproduktion Nuovomedia residierte in Wilmersdorf in einer unscheinbaren Straße, die vom Kurfürstendamm abging. Das Gebäude aus den 20er-Jahren des vergangenen Jahrhunderts war ursprünglich wohl als reines Wohnhaus geplant gewesen. Aber jetzt befanden sich im Erdgeschoss eine Zahnarztpraxis und eine Physiotherapie, im ersten Stock die Redaktion einer Stadtillustrierten und darüber im zweiten und dritten Geschoss die Filmfirma von Moritz von Wetzstein.

Jenny Kreuters suchte nach der richtigen Klingel, aber Peter Heiland stieß mit der flachen Hand gegen die Haustür, die ohne Weiteres nach innen aufschwang. Sie stiegen die Treppe hinauf, deren Stufen mit einem roten Sisalläufer bedeckt waren.

Im zweiten Stock stießen sie auf eine Glastür, die nur angelehnt war. Jenny sah Peter Heiland an und deutete auf die Klingel. Er schüttelte den Kopf und horchte an dem Türspalt. Eine laute aufgeregte Männerstimme war zu hören. Heiland drückte die Tür leise auf.

Sie standen in einer Art Foyer. Weit und breit kein Mensch, nur die laute Männerstimme, die aus einem Raum hinter einer halb offenen Tür tönte: »Ich dulde solche Selbstherrlichkeiten nicht, und schon gar nicht, wenn jemand derart unterqualifiziert ist wie Sie. Ich habe es Ihnen freundlich gesagt. Und das nicht nur einmal. Sie waren gewarnt! Was glauben Sie denn, wo Sie hier sind? Wofür halten Sie mich? Aber ich bin ja selbst schuld. Ich hätte es gleich merken müssen, als Sie hier aufgetaucht sind. Ihnen fehlt die nötige Intelligenz. Sie haben keine Ahnung von dem, was verlangt wird. Und dann werden Sie auch noch unverschämt! Für wen halten Sie sich eigentlich? Jetzt ist Schluss: Sie packen auf der Stelle Ihre Sachen und verschwinden, ich will Sie nicht mehr sehen.«

Die Tür flog auf, eine junge Frau stürzte heraus und an den beiden vorbei. »So ein Kotzbrocken«, sagte Jenny. Sie betraten den Raum. Von Wetzstein schien sie nicht zu bemerken. Er tönte weiter: »Ich bin ja blöde. Ich muss aufhören, Leute eine Chance zu geben, die's nicht bringen. Ich bin einfach nicht hart genug.«

»Den Eindruck haben wir nicht«, sagte Peter Heiland.

»Was? Wie? Wer sind Sie? Wie kommen Sie überhaupt hier herein?«

»Alle Türen waren offen.«

Jetzt erkannte von Wetzstein den Kommissar. »Ach Sie sind's? Also Sie haben mir grade noch gefehlt!« Von Wetzstein zog ein Taschentuch heraus und wischte sich den Schweiß von der Stirn. Er trug eine weiße Hose und einen blauen Blazer, ein auberginefarbenes Hemd ohne Krawatte, dazu leichte Schuhe aus feinem hellen Leder, war also genau so angezogen wie vor wenigen Tagen, als Peter ihn in der Untersuchungshaft gesprochen hatte. Die Kleidung war wohl so etwas wie eine Art Uniform für ihn. Sein straffes Gesicht schien Peter tiefer gebräunt als bei ihrem letzten Gespräch.

»Sie sind also wieder frei«, sagte Peter Heiland.

»Ja, was denn sonst? War ja ein klarer Fall von Notwehr.«

»Aber wie ich höre, laufen die Ermittlungen weiter.«

Moritz von Wetzstein winkte ab. »Für mich ist der Fall abgeschlossen.«

Peter musste ein klein wenig lachen.

»Was amüsiert Sie daran?«, fuhr ihn der Filmproduzent an.

»Das ist so ein Wort, wie ich es sonst nur vom Staatsanwalt, einem Richter oder dem Kriminaldirektor unseres Hauses höre.«

»Was wollen Sie eigentlich von mir?«

»Wir wissen inzwischen, dass der Mann, den Sie erschossen haben, ein enger Freund unseres anderen Mordopfers war.«

»Ich versteh nicht.«

»Kevin Katz – so hieß der Mann, der bei Ihnen war. Leon Schubert der andere. Zwei Kumpels, die gemeinsame Sache machten. Die beiden wollten an das ganz große Geld, und deshalb haben sie versucht, Sie zu erpressen, und möglicherweise nicht nur Sie.«

»Was ist das für eine abenteuerliche Theorie?«

Heiland fuhr seelenruhig fort: »Beide mussten sterben, und der Mann, der vermutlich mit von der Partie war, ein ehemaliger ukrainischer Polizist, ebenfalls. Er wäre ein wichtiger Zeuge gewesen. Allerdings hat er Beweise hinterlassen, die für die Täter sehr gefährlich werden können.«

Moriz von Wetzstein antwortete nicht darauf, sondern beschäftigte sich mit den Manuskripten auf seinem Schreibtisch, indem er den Stapel umschichtete, ohne auch nur eines der Titelblätter der Drehbücher zu lesen.

Jenny Kreuters meldete sich. »Wo find ich hier eine Toilette?«

»Den Gang runter, letzte Tür links.«

»Danke«, Jenny verließ den Raum.

Peter Heiland nahm unaufgefordert auf einem Sessel Platz, der schräg vor dem imponierenden Schreibtisch des Produzenten stand. »Wenig Betrieb zurzeit bei Ihnen, was?«

»Wie wollen Sie das beurteilen?«

»Die ganze Etage wirkt so menschenleer.«

»Meine Mitarbeiter sind draußen am Set.«

»Was drehen Sie gerade?«

»Das muss Sie nicht interessieren.« Moritz von Wetzstein hatte sich inzwischen hinter seinen Schreibtisch gesetzt.

»Wir haben erfahren, dass Ihre Film- und Fernsehproduktion Nuovomedia Insolvenz anmelden musste.«

»Eine Vorsichtsmaßnahme. Wenn Sie etwas von Wirtschaft verstehen würden, wüssten Sie, dass das nichts

Besonderes ist. Da ist manch einer schon wie Phönix aus der Asche wieder zu ungeahnten Erfolgen aufgestiegen.«

»Ich wünsche es Ihnen, und ich wünsche Ihnen, dass Sie das in Freiheit genießen können,« entgegnete Heiland.

»Da machen Sie sich mal keine Sorgen!« Ein überhebliches Lächeln glitt über das Gesicht des Produzenten.

»Nimmt es Herr Poschnew einfach so hin, dass Sie Konkurs angemeldet haben?«

»Ich habe nicht Konkurs angemeldet, ich habe einen Insolvenzantrag gestellt. Das ist etwas anderes, junger Mann.«

»Aber den muss Poschnew ja wohl mittragen.«

»Das ist nun wirklich kein Problem.«

»Sagen Sie: Maik Salzbrenner ist auch ein Mitarbeiter von Ihnen?«

Moritz von Wetzstein richtete sich in seinem Schreibtischsessel auf und schob den Kopf vor. Er war sichtlich alarmiert. »Wie meinen Sie das?«

»Ja, hat er nun als Filmkomponist für Sie gearbeitet oder nicht?«

»Ach das meinen Sie?«

»Was könnte ich sonst meinen?«

Von Wetzstein überging die Frage, aber es war nicht zu übersehen, dass er mit einem Mal ziemlich irritiert war. »Es stimmt, er hat ein paar Soundtracks abgeliefert, aber ein Enrico Morricone ist er nicht.«

»Den könnten Sie wohl auch kaum bezahlen.«

»Da haben Sie allerdings recht.« Moritz von Wetzstein hatte sich wieder gefangen. »Und was die Insolvenz meiner Firma anbelangt: Ich habe schon vor fünf Jahren die Nuovomediarights ausgegliedert. Bei ihr liegen alle Rechte an meinen Filmen und Fernsehproduktionen, und diesem Unternehmen geht es sehr, sehr gut.«

»War das Ihre Idee?«

»Warum fragen Sie?«

»Oder war es die Idee von Pjotr Poschnew?«

»Es war ganz alleine meine Idee.«

»Und Sie sind auch der Geschäftsführer?«

»Nein. Da Sie es leicht im Handelsregister nachsehen können, kann ich es Ihnen auch sagen. Maik Salzbrenner führt die Geschäfte. Und er macht das gut. Sehr gut sogar!«

»Meine Kollegen, die Herrn Salzbrenner näher kennengelernt haben, schätzen ihn ... – wie soll ich sagen – irgendwie anders ein, zumindest nicht als knallharten Geschäftsmann.«

»Ja, da hat sich schon so mancher getäuscht.«

Jenny Kreuters kam herein. Moritz von Wetzstein maß sie mit einem Blick von oben bis unten. »Schade, dass Sie nicht früher aufgetaucht sind. Sie wären der ideale Typ für meinen Film ›Am Morgen sieht alles anders aus‹ gewesen. Ich hätte Sie vom Fleck weg engagiert.«

»Ich glaube Ihnen kein Wort«, sagte Jenny.

»Doch, doch, hat Ihnen noch niemand gesagt, dass Sie eine frappierende Ähnlichkeit mit Leslie Caron haben?«

Peter Heiland sah von Wetzstein mit einem leisen

Kopfschütteln an. Er wollte es nicht laut sagen, aber diesen Auftritt des Produzenten empfand er als ausgesprochen billiges Schmierentheater.

»Wollen Sie nun etwas zu dem Verdacht sagen, dass Katz Sie nicht wegen Ihrer sexuellen Ausrichtung, sondern wegen ganz anderer Tatsachen erpressen wollte?«

»Es war, wie es war.«

»Aber Kevin Katz war gar nicht schwul.«

»Immerhin hat er seine Dienste angeboten, und ich muss zugeben, es ging ein besonderer Reiz von ihm aus.«

»Ich nehme das so zur Kenntnis«, sagte Peter Heiland ernst, »aber für uns sind die Ermittlungen bei Weitem nicht abgeschlossen.«

»Tun Sie, was Sie nicht lassen können. Aber ich habe jetzt zu arbeiten. Guten Tag, meine Herrschaften!«

Als sie das Haus verließen und auf die Straße hinaustraten, sagte Jenny: »Wir sind mit der Frau, die von Wetzstein rausgeschmissen hat, im Café Grün verabredet. Ich wollte da immer schon mal hin, weil es dort das beste Eis von Berlin geben soll.«

»Ich dachte mir schon, dass du gar nicht auf dem Klo warst«, sagte Peter Heiland.

Das Eiscafé lag schräg gegenüber der S-Bahn-Haltestelle Halensee am Kurfürstendamm. Einzelne Gäste saßen vor dem Haus, obwohl es dafür inzwischen doch etwas zu kalt war. Aber wenn es darum ging, im Freien zu sitzen, waren die Berliner schon immer unverwüstlich gewesen. Beim ersten Sonnenstrahl im Frühling und beim letzten im Herbst saßen sie schon beziehungsweise noch an der frischen Luft.

Die Mitarbeiterin des Filmproduzenten erwartete sie drinnen. Sie saß direkt hinter der Scheibe und winkte den beiden zu, um auf sich aufmerksam zu machen.

»Was war genau Ihr Job?«, fragte Peter Heiland, nachdem sie sich bekannt gemacht und bei der Bedienung je einen Eisbecher bestellt hatten.

Annette Bottini, so hatte sie sich vorgestellt, winkte geringschätzig ab. »Mit einem Wort lässt sich das nicht sagen. Mädchen für alles trifft es wohl am besten. Ursprünglich sollte ich eigentlich nur als Scout fürs Casting arbeiten.«

»Und was macht man da?«

»Man sucht Besetzungen für Filme und Fernsehproduktionen. Mein Auftrag war es, möglichst unbekannte, aber hochtalentierte Schauspielerinnen und Schauspieler zu finden, deren Gesichter noch nicht auf der Leinwand oder dem Bildschirm verbraucht waren.«

»Hört sich interessant an«, sagte Jenny Kreuters.

»Das wäre es auch gewesen. Aber von Wetzstein ist in keinem einzigen Fall auf einen Vorschlag von mir eingegangen. Und zudem kam er mit immer neuen Aufträgen zu mir: Ich musste Werbe- und Pressetexte schreiben und die abwimmelnden Briefe an Autoren, Regisseure und Darsteller. Wenn er sich mit möglichen Auftraggebern traf, musste ich ihn manchmal begleiten. Dabei konnte er besonders unangenehm werden.«

»Inwiefern?«, fragte Peter Heiland.

»Na ja, er tat so, als könne er über mich verfügen, und bot mich sozusagen einigen seiner Gesprächspartner fürs Bett an.«

»Das gibt's doch nicht«, entfuhr es Jenny so laut, dass sich ein paar Gäste an den nächsten Tischen nach ihr umdrehten.

»Wissen Sie, was er mal zu mir gesagt hat? – Unter Schwulen und Lesben ist so etwas kein Problem. Man schläft mit wem man will, wie's kommt eben. Dabei wusste ich, dass das dummes Zeug ist. Ich kenne genug Männer und Frauen, die homosexuell sind und in stabilen Partnerschaften leben. Ich habe mich nie auf von Wetzsteins Spielchen eingelassen.«

»Warum hat er Sie rausgeschmissen?«

»Keine Ahnung. Bis letzte Woche noch hat er mich ständig gelobt. Er hat so Sachen gesagt wie: Was würde ich nur ohne Sie machen?, und ich hab den Job ja trotz allem gern gemacht, zumal er wirklich sehr gut bezahlt war. Jetzt sitz ich auf der Straße.«

»Es gab also keinen Anlass für die Kündigung?«, fragte Peter Heiland.

»Vielleicht doch. Ich habe mich geweigert, für die Nuovomediarights zu arbeiten.«

»Warum?«

»Ich komme mit Maik Salzbrenner nicht klar. Die meisten Schwulen sind ja uns Frauen gegenüber besonders höflich, manche sogar ausgesprochen ritterlich. Aber Salzbrenner scheint Frauen zu hassen. Wenigstens muss ich das daraus schließen, wie er mit mir umgegangen ist.«

»Ich bin ihm zum ersten Mal auf seinem Wohnboot am Faulen See begegnet. Das war kurz nach dem Tod von Leon Schubert. Er ist förmlich zusammengebrochen. Ich hatte das Gefühl, das ist ein Mann, den der leiseste Windhauch umschmeißen kann«, wendete Jenny ein.

Frau Bottini lachte. »Der spielt Ihnen alles vor, wie er's grade braucht.«

»Wir haben Hinweise, dass Moritz von Wetzstein und sein Partner Poschnew möglicherweise in Geldwäschevergehen verwickelt sind«, meldete sich Peter Heiland, »haben Sie etwas in der Richtung bemerkt?«

»Es sind so viele seltsame Dinge passiert, die ich nicht einordnen konnte. Aber ich hab mich bewusst rausgehalten. Immer wenn ein bestimmter, übrigens sehr schöner, junger Mann in unser Büro kam, hieß es: Frau Bottini, Sie können ein paar Stunden frei machen. Herr von Wetzstein hat gar nicht groß bemäntelt, dass sie mich während ihrer Treffen nicht im Haus haben wollten. Ich dachte, die beiden treiben es miteinander, und ich gebe zu, einmal habe ich mich auf die Toilette zurückgezogen und eine Viertelstunde gewartet. Dann bin ich auf Zehenspitzen raus. Die Tür zu Wetzsteins Büro stand offen. Er war sich ja sicher, dass außer ihm und seinem Besucher niemand im Haus war. Und da habe ich gesehen, wie der junge Mann Bündel von Geldscheinen aus einem schmalen Köfferchen auf den Tisch meines Chefs legte. Ich bin so leise aus dem Büro geschlichen, dass die beiden mich nicht hören konnten. Als ich zurückkam, wollte von Wetzstein gerade das Büro verlassen.

Sie gehen schon?, hab ich ihn gefragt. Und er: Ich bin in einer halben Stunde wieder da. Muss nur kurz zur Bank. Er hatte eine Aktentasche dabei, und ich dachte noch: Da muss das Geld drin sein, das er auf unser Konto einzahlt. Aber ehrlich gesagt: Ich hab nichts Illegales dahinter vermutet.«

Peter Heiland zog ein Foto von Leon Schubert aus der Tasche und legte es vor Annette Bottini auf den Caféhaustisch. »War das der junge Mann?«

»Igitt, was ist das für ein Bild?«

»So haben wir ihn gefunden. Als Leiche in einem Waldgrab«, sagte Heiland.

»Ja, das ist er. Mein Gott, er ist also tot? Ist von Wetzstein seinetwegen in U-Haft gewesen?«

»Nein. Aber der Mann, den Ihr Chef erschossen hat, war ein guter Freund von ihm. Wenn wir schon dabei sind: Das ist ein Foto von Kevin Katz, den von Wetzstein erschossen hat. Und das hier ist ein Mann, der ebenfalls sein Leben lassen musste.« Peter Heiland schob Bilder von Kevin Katz und Wassyl Grosni auf den Tisch.

»Ich habe beide Gesichter noch nie gesehen«, sagte Annette Bottini.

Sie aßen ihr Eis auf.

»Wenn Sie jetzt zurückgehen in Ihr Büro, nimmt von Wetzstein den Rausschmiss vielleicht zurück«, sagte Jenny.

»Ne, den Laden betrete ich nie mehr. Jetzt schon gar nicht mehr, nachdem ich das alles weiß.«

Als sie das Café verließen, sagte Jenny: »Am besten gehen wir rüber zu von Wetzstein und konfrontieren ihn mit der Geschichte von der Geldübergabe Leon Schuberts an ihn.«

Peter Heiland schüttelte den Kopf. »Das hat Zeit, warten wir ab, was Olbrich und Hanna bringen. Ich denke, wir sollten schleunigst Kontakt zum Zoll aufnehmen.«

»Zum Zoll?«

»Ja. Mal angenommen, es handelt sich um betrügerische Machenschaften beim Bau, dann ist unter Umständen der Zoll dafür zuständig.«

14

»Ja, es ist wohl eine der dunkelsten Seiten des rasanten Baubooms in unserer so schnell wachsenden Stadt Berlin: Menschenhandel zur Arbeitsausbeutung und bandenmäßiges Einschleusen von Ausländern im Baugewerbe. Die Schwarzarbeit ist das Krebsgeschwür in der Bauwirtschaft, und das Geschäft damit ist lukrativer als der Drogenhandel, zudem ist das Risiko, erwischt zu werden, weit geringer.«

Jenny Kreuters und Peter Heiland saßen dem etwa 60-jährigen Regierungsdirektor Doktor Zeisig beim Hauptzollamt Berlin gegenüber. Er hatte ein schmales, feines Gesicht, lichte weiße, akkurat gescheitelte Haare. Er trug Zivilkleidung, graue Hose, dunkelblaues Jackett, weißes Hemd und eine dezent rote Krawatte.

»Dann könnten Sie doch unseren Hinweisen nachgehen«, sagte Heiland.

»Langsam, Herr Kollege. Wir haben da unsere eigenen Pläne. Ich dürfte Sie eigentlich nicht einweihen, wenn ich es dennoch tue, dann mit der ernsten Verpflichtung zur absoluten Verschwiegenheit! Wir stehen kurz vor einer breit angelegten Razzia im Rahmen unserer Ermittlungen wegen schwerer Steuerhinterziehung, illegalem Einschleusen von Ausländern und Passfälschung. Es werden weit über 1.500 Beamte des Hauptzollamtes, der Steuerfahndung, der Bundes- und der Landespolizei im Einsatz sein. Die Vorarbeit haben 13 Staatsanwälte geleistet. Es geht vor allem gegen ausländische Firmeninhaber in der Baubranche.«

»Da passt unser Fall doch vielleicht mit rein«, meldete sich Jenny.

»Mag sein. Im Einzelnen sind mir die Fälle nicht geläufig. Aber dass das, bitte schön, klar ist: Bis zum Start der Razzien müssen Einzelmaßnahmen unterbleiben. Ich kann Sie nicht davon abhalten, Ermittlungen in Ihren Mordfällen anzustellen, aber bitte achten Sie darauf, dass mit keinem Wort eine mögliche Großrazzia erwähnt wird. Und wenn Sie beiläufig etwas rauskriegen, was uns betrifft, sollten Sie uns bitte teilhaben lassen.«

»Ob die beim Zoll alle so eine antiquierte Sprache pflegen wie dieser Doktor Zeisig?«, fragte Jenny Kreuters, als sie das Gebäude am Columbiadamm verließen, das Teil der riesigen Anlage des einstigen Flughafens Tempelhof war.

»In Neurudnitz zieht Poschnew ein riesiges Gebäude hoch. In den Containern dort hausen bestimmt 'ne Menge illegaler Arbeiter. Wenn man mit denen mal ins Gespräch käme ...«

Peter Heiland nickte. »Wäre bestimmt gut. Wir müssen klären, wer zuständig ist, die Abteilung Wirtschaft oder wir? Wischnewski hätte längst eine Sonderkommission eingerichtet.«

»Aber der ist nun mal weg vom Fenster«, sagte Jenny.

»Augenblick.« Peter Heiland blieb stehen. »Wischnewski wohnt doch in Tempelhof, keine 200 Meter von hier. Ich schau mal nach ihm.« Er warf der Kollegin den Autoschlüssel zu. »Ich komm später nach.«

»Warte mal!« Jenny musste unbedingt einen Gedanken loswerden.

»Meier war doch in Neurudnitz zusammen mit Axel Olbrich. Ein gemischtes Doppel. So was kann man doch wiederholen.«

»Du hast recht. Vielleicht können Hanna und ich wieder mal gemeinsam ermitteln.«

»Warum nicht?«

Peter wollte losgehen, aber Jenny rief ihn zurück. »Hör mal, Peter, eigentlich müsste doch Olbrich über die anstehende Großrazzia informiert sein.«

»Du hast ja gehört, dass strengstes Stillschweigen befohlen ist.« Heiland machte sich zu Fuß auf den Weg in die Dudenstraße, wo Ron Wischnewski in einem hässlichen Mehrfamilienhaus aus den 50er-Jahren zwei einfache Zimmer mit Küche und Bad im dritten Stock bewohnte, seitdem er geschieden war.

Heiland musste lange klingeln und überlegte, ob er die Treppe wieder hinuntergehen sollte. Endlich öffnete sich die Tür. Wischnewski stand in einem alten Frotteebademantel auf der Schwelle, seine nackten Füße steckten in weißen Pantoffeln, wie man sie in manchen Hotels gestellt bekommt. »Ja, was ist los?« Die Stimme klang brüchig. Der Kriminaldirektor blinzelte. »Ach, Sie sind's, Heiland? Ist was?«

Peter räusperte sich. »Das wollte ich Sie gerade fragen.«

»Komm' Se rein!«

Peter Heiland betrat die Wohnung. Er hatte erwartet, sie im gleichen wüsten Zustand anzutreffen wie vor Jahren, als Wischnewski das erste Mal ein schweres Alkoholproblem gehabt hatte.

»Ich kann einen Kaffee machen.«

»Das wäre prima!«

Peter Heiland sah sich um. Auf dem Boden stand ein geöffneter Koffer, der zur Hälfte gepackt war.

»Sie sehen, ich verreise«, sagte Wischnewski, während er in die Küche ging, um die Kaffeemaschine in Gang zu setzen. Peter folgte ihm und lehnte sich an den Türrahmen.

»Und wohin geht's?«

»Nicht weit. Nach Bad Saarow zu einer Kur.«

»Haben Sie sich beurlauben lassen?«

Wischnewski schüttelte den Kopf. »Ich habe gekündigt. Wären ja eh nur noch drei Jahre gewesen bis zu meiner Pensionierung. Sie kennen mein Problem. Also müssen wir nicht drum herumreden. Ich hatte einen schweren Rückfall. Hab mich am eigenen Schopf aus dem Sumpf gezogen. Der Therapeut, den Sie mir mal angeschleppt haben ...«

»Frederic Möhlmann. Genau genommen ein ehemaliger Psychotherapeut, zwar an Parkinson erkrankt, aber ungeheuer klug und im Kopf topfit.«

»Ja, genau der. Ein phänomenaler Mann. Der hat mir geholfen, und er hat mir auch geraten aufzuhören. Nicht nur mit dem Saufen …« Wischnewski lachte kurz auf, »sondern auch mit der Arbeit.«

»Schade«, sagte Peter Heiland. »Mir, Hanna und meinen Leuten werden Sie fehlen.«

»Das hört sich gut an. Aber Weiser ist okay. Sie werden mit ihm zurechtkommen.«

Peter nickte nur. »Und was kommt für Sie nach Bad Saarow?«

»Ich ziehe aus und in eine Mehrgenerationenanlage in Köpenick. Ja, ja, schauen Sie ruhig so zweifelnd. Ich bin eigentlich nicht der Typ dafür. Aber eine Nichte von mir, die alleine mit ihrer kleinen Tochter dort lebt, hat mir den Platz besorgt, und ich will's mal probieren. Schätze 50 zu 50, dass es gut geht.«

Der Kaffee war fertig. Wischnewski füllte zwei Becher, wobei seine Hand gefährlich zitterte. »Milch? Zucker?«

»Schwarz und bitter, bitte.«

Peter Heiland nahm einen der Töpfe und trug ihn ins Wohnzimmer.

»Und wie geht's Ihrem Großvater?«, fragte Wischnewski. »Sie haben doch letzte Woche von da unten angerufen.«

»Waren Sie da eigentlich noch im Dienst?«, fragte Peter dagegen.

»Ja, und ich habe mich in der Lage gefühlt, Ihnen die freien Tage zu genehmigen.« Wischnewski lachte ein wenig verlegen. »Mein Kündigungsschreiben habe ich am gleichen Tag dem Innensenator geschickt, und er hat so schnell akzeptiert, dass es eigentlich eine Beleidigung war.«

Peter nahm wieder das Wort. »Um Ihre Frage zu beantworten: Mein Großvater ist am Dienstag dieser Woche gestorben.«

»Das tut mir leid. Ich hab den alten Mann sehr gemocht.«

»Ich weiß«, sagte Peter Heiland.

Eine Viertelstunde später verließ er seinen ehemaligen Chef – einerseits erleichtert, dass Wischnewski sich wieder so gut unter Kontrolle hatte, andererseits traurig, weil nun eine Ära im Landeskriminalamt zu Ende ging.

15

Etwa um die Zeit, da Peter Heiland bei Ron Wischnewski saß, betrat Ernst Bienzle das Krankenzimmer
des alten Eduard Grosni in der Chirurgischen Uni-
versitätsklinik Tübingen. Es war ein Doppelzimmer,
aber nur ein Bett war belegt. Statt Blumen brachte
der pensionierte Kriminalhauptkommissar eine Flasche Trollinger mit. Er war fest davon überzeugt, dass
es sich dabei um eine Medizin handelte, die bei jeder
Krankheit half. »Zum Glück verwenden die schwäbischen Wengerter inzwischen auch Schraubverschlüsse«,
sagte er, öffnete die Flasche und goss das Wasserglas
auf Grosnis Nachttisch voll. Der trank es in einem
Zug aus, gab ein langes Aaaahhh von sich und sagte:
»Das tut gut!«

Der alte Mann bedauerte, dass er Bienzles Fragen nach den Einbrechern nicht beantworten konnte.
Grosni hatte praktisch keine Erinnerung an das Geschehen. Und so begann der Ex-Kommissar, über andere
Dinge zu reden.

»Wie haben Sie sich denn so bei uns eingelebt?«,
fragte er, eigentlich nur, um das Gespräch nicht ein-
schlafen zu lassen.

»Gut. Sie wissen es ja. Wir gehören fast dazu.«

»Na ja, nach so vielen Jahren.«

»Man muss sich halt anpassen«, sagte Grosni, »im Betrieb ist das schneller gegangen als im Dorf. Wenn du ein guter Arbeiter warst und nicht zu viel wissen wolltest, warst du bald akzeptiert. Aber für die Leute im Dorf sind wir ja bis heute die Russen, obwohl doch mein Urgroßvater aus Deutschland ausgewandert ist.«

Bienzle entdeckte im unteren Ablagefach des Nachttisches ein kleines Schachspiel und zog es behutsam hervor. »Immerhin waren Sie Betriebsmeister im Schach beim Daimler.«

»Ja, darauf bin ich stolz. Habe ich Ihnen ja schon mal gesagt. Hier spiele ich berühmte Partien nach.«

Bienzle nickte. »Wollen wir eine spielen oder sind Sie dazu noch zu schwach?«

»Zum Schachspielen nie.« Grosni schob sich nach oben, sodass er aufrecht an sein Kissen gelehnt im Bett saß. Er zog das bewegliche Tischchen über seine Beine, legte das Schachbrett darauf und stellte rasch die Figuren auf. Bienzle schob er Weiß zu und sagte: »Sie eröffnen!«

Während der Ex-Kommissar den ersten Bauern zog, sagte er: »Die Einbrecher haben etwas gesucht bei Ihnen, aber nicht gefunden. Habe ich das richtig gehört?«

Grosni zog zwei Bauern je ein Feld vor. »Ja, das stimmt.«

»Wissen Sie denn, was die gesucht haben?«

»So eine Kassette, ich glaube, man nennt es DVD.« Er brachte sein schwarzes Pferd in Position.

»Ah, ich seh, Sie machen für Ihren Läufer auf«, sagte Bienzle und ergriff die dafür übliche Gegenmaßnahme. »Und?«, sagte er betont beiläufig, »gibt's die DVD überhaupt?«

Überraschend zog Grosni auch das weiße Pferd nach vorne. »Ja«, sagte er schlicht.

Bienzle hätte am liebsten gleich die nächste Frage gestellt, aber er hütete sich, gar zu interessiert zu wirken. Nun schickte auch er sein schwarzes Pferd aufs Feld.

Grosni lächelte. »Das hätte ich an Ihrer Stelle nicht gemacht.« Er schlug die Figur mit seinem Läufer.

Eine Weile spielten sie weiter, und Ernst Bienzle geriet immer mehr ins Hintertreffen. »Ich seh schon, ich bin für Sie ein zu leichter Gegner«, sagte er.

»Nun ja, mag sein, aber einfach haben Sie es mir nicht gemacht. Schach!«

»Und wo ist nun die DVD?«, Bienzle machte einen letzten Rettungsversuch unter Einsatz seiner Dame.

»Matt!«, sagte Eduard Grosni. Dann hob er den Kopf. »Sie können die DVD finden. Ich habe sie in meinem Garten vergraben. Unter dem Rhododendronbusch gleich bei der hinteren Hausecke. Sie ist in eine schwarze Plastiktüte eingepackt.«

»Wissen Sie, was Ihr Sohn damit vorhatte?«

Grosni schüttelte den Kopf. »Nein, aber ich ahne es. Hätte er's mir gesagt, hätt' ich's ihm verboten. Obwohl: Verbieten ließ sich der ja schon lange nichts mehr.«

Sie räumten das Schachbrett weg, versteckten die Rotweinflasche, und Bienzle wusch das Wasserglas am Waschbecken aus. »Wenn meine Frau mich am Nachmittag besucht, werde ich ihr sagen, dass Sie zu uns zum Graben kommen«, sagte Grosni, als er Bienzle die Hand reichte. Dann grinste er: »Sie holt sonst womöglich die Polizei.«

Bienzle ging zur Tür, drehte sich aber um: »Meine Kollegen haben mir erzählt, Ihr Sohn habe einen zweiten Pass auf den Namen Hubert Schubert besessen, geboren 1973 in Sindelfingen, Baden-Württemberg. Fällt Ihnen dazu etwas ein?«

»Nein. Warum er das gemacht hat, weiß ich nicht. Der Pass muss ja auf jeden Fall gefälscht gewesen sein. Aber solange er als Polizist auf der Krim war, hatte er dafür wahrscheinlich alle Möglichkeiten.«

Bienzle rief später Peter Heiland an, um von seinem Gespräch mit Eduard Grosni zu berichten. »Vielleicht kommen wir der Lösung Ihres Falls a bissle näher.«

»Wie das denn?«

Bienzle erzählte Heiland, dass der alte Grosni ihm das Versteck der DVD verraten habe, die möglicherweise Aufschluss über die Erpresserpläne Leon Schuberts und Wassyl Grosnis geben könne. Am Abend werde er sich auf die Suche machen und die DVD ausgraben.

»Sie sollten das nicht auf eigene Faust und alleine machen. Am besten informieren Sie den Kollegen Kühn bei der Tübinger Kripo.«

»Schau'n wir mal«, antwortete Bienzle.

16

Axel Olbrich war mit Peter Heilands Vorschlag einverstanden, die Baustelle in Neurudnitz zusammen mit Hanna unter die Lupe zu nehmen. Die beiden fuhren nach dem Dienst nach Hause und holten auf dem Weg die Babysitterin ab. Das Wort »Babysitter« durfte man allerdings im Beisein des kleinen Heinrich nicht benutzen. »Ich bin doch schon groß und gar kein Baby mehr«, schimpfte er dann. Dennoch freute er sich, wenn Alexandra, die junge Studentin, am Abend bei ihm war. Sie wusste so schöne Geschichten zu erzählen, und die Spiele mit ihr machten Spaß, weil sie dabei genauso ernst zu Werke ging wie er selbst.

Das Gelände in Neurudnitz lag still und verlassen da, als Peter Heiland den Dienstwagen auf der Wiese neben dem Verwaltungsgebäude der Firma Bodenbau abstellte. Den Weg zu der Baustelle über das brachliegende Feld legten sie zu Fuß zurück. Vom Verwaltungsbau aus war nur die südliche Front der Aufbauten zu sehen – ein Riegel mit sechs in zwei Stockwerken aufgestellten Kästen. Wenn man näher kam, war zu erkennen, dass sie Teil eines Quadrates waren, das eine Art Dorfplatz bildete, wo sich die Arbeiter offenbar am Abend trafen. Ein Feuer brannte im Zentrum. Auf einfachen Bänken und auf Getränkekisten saßen etwa 20 Männer. Einige hatten Bierflaschen in der Hand, andere hielten an langen Holzstöcken Fleischstücke und Würste in die Flammen.

»Guten Abend«, grüßte Peter Heiland.

Einige der Männer sahen auf, die anderen schienen keinerlei Interesse an den Neuankömmlingen zu haben.

»Kann man hier ein Bier kaufen?«

Wortlos deutete ein Mann, der kurze Hosen und ein Unterhemd trug, auf einen Automaten zwischen zwei Containern, die offensichtlich als Büro der Bauleitung dienten.

Peter und Hanna kramten Münzen aus ihren Geldbeuteln und zogen zwei Flaschen Bier.

»Wohnen Sie hier?«, fragte Hanna, obgleich das offensichtlich war.

Zwei oder drei Männer nickten.

»Wo kommen Sie denn her?«, fragte Peter.

»Polen, Rumänien, Bulgarien«, antwortete ein kleiner, drahtiger Mann, der einen bodenlangen Kaftan trug.

Ein großer Mann im blauen Arbeitsanzug trat aus dem Container, der als Toilette diente. Er rief etwas in einer Sprache, die weder Hanna noch Peter zuordnen konnten, und die Männer verstummten sofort.

Peter und Hanna setzten sich auf eine der freien Bierbänke und tranken ihren ersten Schluck aus der Flasche.

Der große Mann, der die Figur und den Gang eines Bären hatte, trat auf die beiden zu. »Was wollt ihr?«

»Wir sind hier zufällig vorbeigekommen«, sagte Peter.

»Uns interessiert, wie Sie hier leben«, ergänzte Hanna.

Der große Mann machte eine heftige Bewegung mit dem ausgestreckten rechten Arm.

»Wir leben gut. Basta!«

»Sind Sie einer von den Bautrupps, die man komplett anheuern kann?«, wollte Peter Heiland wissen.

»Wir haben gut Arbeit und machen gut Arbeit. Basta!« Der große Mann sah die beiden finster an.

Hanna blickte zu ihm auf und lächelte. »Und Sie sind der Chef, ja?«

Der kleine Mann im Kaftan kicherte und rief: »Kapo Sergej!«

Der Große fuhr zu ihm herum und zischte ihn in der fremden Sprache böse an. Der Mann im Kaftan zog den Kopf ein und schlich vom Platz.

»Das hier keine Kneipe. Ihr gehen!«, herrschte der Große die beiden Fremden an. Die meisten der anderen Arbeiter hatten sich inzwischen in die Container verzogen. Peter und Hanna standen auf und stellten ihre Bierflaschen in eine halb leere Kiste.

»Russen gelten doch sonst als gastfreundlich«, sagte Heiland.

»Ich kein Russe! Ihr verschwinden hier!« Breitbeinig, die Hände in die Hüften gestemmt, blieb der Riese stehen und ließ die beiden nicht aus den Augen, bis sie in der Dunkelheit verschwunden waren.

»Dass die was zu verbergen haben, ist doch klar«, sagte Hanna auf dem Weg zurück durch das hohe Gras des Geländes zwischen Baustelle und Verwaltungsgebäude.

Peter nickte. »Aber sie werden nicht mit uns darüber reden. Dafür haben sie viel zu viel Angst. Mit unserer Methode kommen wir da nicht weiter.«

Sie erreichten ihr Auto. »Psssst«, machte es plötzlich. Peter schaltete das Taschenlampenlicht auf seinem Handy ein. »Kein Licht! Bitte!« Als es wieder dunkel war, kam aus einem nahegelegenen Gebüsch der kleine Mann im Kaftan.

»Nehmen Sie mich mit?«

»Was haben Sie vor? Wollen Sie weg?«

»Ja!«

»Und Ihre Sachen?«

»Holen wir!«

»Bitte?«

»Ja, ich habe versteckt.«

Hanna öffnete die Tür zu den Rücksitzen. Blitzschnell kroch der kleine Mann hinein.

Peter setzte sich hinters Steuer. »Wo wollen Sie hin?«

»Erst Sachen holen.«

»Und dann?«

»Wenn Sie mir Geld geben, ich alles erzählen, was ich weiß.«

»Wie viel Geld?«, fragte Hanna.

»So viel Sie haben.«

»Aber warum sollen wir uns für das interessieren, was Sie uns erzählen wollen?«

»Ich doch gemerkt: Sie wollen unbedingt wissen.«

»Na gut, wo ist das Versteck?«

»Dort vorne rechts zum See hinunter!«

Es war ein schmaler, ausgefahrener Weg mit tiefen Kuhlen. Peter musste sehr langsam fahren.

»Stopp!«, rief der kleine Mann plötzlich. Er sprang aus dem Auto, rannte gebückt zu einem Gebüsch und kam kurz danach mit einer schweren Reisetasche und einem großen Rucksack wieder. Peter stieg aus und öffnete den Kofferraum. Der kleine Mann starrte hinein. »Sie Polizei?« Er hatte das Blaulicht und die Kelle entdeckt. Gehetzt sah er sich um. Hanna, die inzwischen ebenfalls ausgestiegen war, beruhigte ihn. »Wir sind nicht im Dienst, wir sind privat unterwegs.«

Erst nach einigem Zureden stieg er ein.

»Wie heißen Sie?«, fragte Peter, als er anfuhr und das Auto behutsam wendete.

»Nicola.«

»Was für ein Landsmann sind Sie?«

»Rumäne.«

»Und warum tragen Sie diesen Kaftan oder wie man das nennt?«

»Habe ich von Freund aus Marokko. Sehr bequem.« Er zog das Kleidungsstück über den Kopf. Darunter war er vollständig gekleidet: Jeans, ein sauberes blaues Hemd und eine leichte Strickjacke.

»Wo wollen Sie hin?«, fragte Hanna.

»Zu Freund in Kreuzberg.«

Nach etwa zehn Minuten steuerte Peter einen Parkplatz an, stellte den Motor ab und wendete sich zu seinem Fahrgast um.

»300 Euro.«

»300 ist gut!«

»Na denn: Was können Sie uns erzählen?«

»Wir sind 40 Mann. Angeworben von Sergej. Sie haben ihn gesehen. Sergej ist Chef. Er uns verkauft an Bodenbau: Ich nicht wissen, was er kassiert. Jeder von uns bekommt fünf Euro die Stunde. Arbeiten zwölf Stunden Montag bis Samstag. In Rumänien ist viel Geld. Pässe sollen wir abgeben. Ich sagen: Ich hab kein Pass. Er mir nicht geglaubt. Hat mich und alles von mir durchsucht. Nix Pass gefunden. War alles in Versteck.« Er lachte kurz auf. »Sergej ist böser Mensch. Wer ihm nicht gefällt, hat schwer. Ich ihm nicht gefallen. Immer schwerste Arbeit. Nie Pause. Ich kaputt. Einmal ich sagen: In Deutschland gibt Mindestlohn. Er mich verprügelt, dass ich eine Woche nicht können arbeiten.«

Nicola verstummte.

»Wissen Sie, wer der Auftraggeber von Sergej ist?«

»Poschnew. Er Bauherr. Immer kontrolliert Sergej.«

»Und woher wissen Sie das?«

»Ich immer kucken, lucki lucki machen, du verstehn?«

»Sie haben Sergej und Poschnew belauscht?«

»Belauscht? – Nicht verstehn.«

»Heimlich beobachtet?«

»Lucki lucki gemacht?«, warf Hanna ein.

Der kleine Mann nickte heftig. »Ja, ich beobachtet. Heimlich. Sie treffen auf Parkplatz am See. Ganz nahe, wo ich versteckt meine Sachen. Zufall, ich sie beobachtet.«

»Und was haben Sie beobachtet?«

»Dieser Poschnew hat Sergej Umschlag gegeben. Mit Geld.«

»Woher wissen Sie, dass Geld in dem Umschlag war?«

Der kleine Rumäne kicherte. »Sergej hat nachgezählt. Natürlich!«

»Wissen Sie, wie Sergej mit Nachnamen heißt?«

»Keiner weiß das.«

17

Ernst Bienzle war nach Einbruch der Dunkelheit gegen neun Uhr am Abend aus dem Haus gegangen. Seine Frau Hannelore war für mehrere Tage in München, wo sie von einem Kinderbuchverlag den Auftrag für die Illustration eines neuen Werkes bekommen sollte. Sie hatte sich auf die Reise sehr gefreut; denn die Autorin der Geschichte mochte sie gerne. Die beiden hatten schon drei erfolgreiche Bücher miteinander gemacht.

Ernst Bienzle gab es zwar nicht zu, aber er liebte die Tage, die er alleine sein konnte. Sie durften nur nicht zu lange gehen. Abends ging er in der »Alten Post« essen oder in einer gemütlichen schwäbischen Wirtschaft namens »Veschperbrettle«, das zwar im Industriegebiet lag, aber eine Gemütlichkeit ausstrahlte, wie man sie dort eigentlich nicht erwartet hätte.

Doch an diesem Abend hatte er sich aus dem Kühlschrank versorgt, ein Ripple mit Senf und ein Stück Bauernbrot gegessen und ein Bier getrunken.

Danach machte er sich auf den Weg in die Rosswiesen. Er klingelte an der Haustür des Ehepaars Grosni im Wiesenweg 17. Die Frau öffnete und reichte ihm wortlos einen kleinen, grünen Klappspaten. Bevor er etwas sagen konnte, hatte sie die Haustür wieder geschlossen.

Den Rhododendronbusch fand er ohne Probleme. Er nahm die starke Stabtaschenlampe, die er von Zuhause mitgenommen hatte, zwischen die Zähne und begann in ihrem hellen Licht zu graben. Er hätte gerne einen größeren Spaten mit einem längeren Stiel gehabt. Schon nach wenigen Minuten tat ihm der Rücken weh, weil er sich bei jeder Schicht, die er aus der Erde hob, tief bücken musste. Es dauerte eine gute Viertelstunde, da stieß er auf ein schwarzes Päckchen. Er legte den Spaten zur Seite und ging in die Hocke. Vorsichtig hob er seinen Fund heraus und wischte mit der bloßen Hand die letzten Erdkrumen ab. Er wollte sich gerade aufrichten, da traf ihn ein harter Schlag im Nacken. Der Ex-Kommissar fiel nach vorne, sein Mund füllte sich mit loser Erde. Im gleichen Moment verlor er das Bewusstsein.

Als er zu sich kann, lag er auf einer Trage in einem Notarztwagen. Bevor er seine Umgebung richtig wahrnehmen konnte, schimpfte er los: »Ich Dilettant! Ich Idiot! Warum werd' ich nicht endlich g'scheit!« Langsam zogen seine Augen die Umgebung klar. Am Fußende der Trage stand Gernot Kühn, der Tübinger Kriminalhauptkommissar. Hinter der offenen Tür des Notarztwagens sah er die kreiselnden Blaulichter eines Polizeifahrzeugs.

Gernot Kühn beugte sich über ihn. »Wie fühlen Sie sich?«

»Beschissen. Aber weniger körperlich als ... – wie sagt man jetzt immer – mental.«

»Es wird Ihnen gleich besser gehen«, sagte der Tübinger Kommissar.

»Warum?« Bienzle sah den Arzt an. »Was haben Sie mir gegeben?«

Kühn lächelte. »Mir geht's nicht ums Medizinische, sondern ums Kriminalistische. Wir haben die Typen, die Sie überfallen haben, und wir haben die DVD, die Sie ausgegraben haben.«

Bienzle kniff die Augen zusammen. »Lass mich raten, Kollege.« Dass er Kühn plötzlich duzte, war eine seiner Marotten, die jüngere Beamte aus seinem aktiven Polizeileben kannten. Es galt als Auszeichnung, wenn der leitende Hauptkommissar plötzlich zu diesem vertraulichen Du überging.

»Lass mich raten«, wiederholte er. »Da steckt der Peter Heiland dahinter.«

Kühn nickte. »Ja, er hat mich angerufen und gemeint, es wäre vielleicht gut, wenn wir vor Ort wären, wenn Sie mit Ihren Grabungen angefangen.«

»Ihr wart die ganze Zeit da?«

»Ja, schon eine halbe Stunde, bevor Sie kamen und bei Frau Grosni klingelten. Heiland hat wohl vermutet, dass die Gangster das Haus beobachten.«

»Dann war ich so was wie ein Lockvogel?«

»Könnte man so sagen, ja.«

»Was man auf seine alten Tage so mitmacht«, seufzte Bienzle.

»Na ja, es war Ihre eigene Entscheidung. Vielleicht

sollten Sie irgendwann einmal einsehen, dass Sie pensioniert sind.«

Wieder seufzte Bienzle. »Und das seit mehr als sieben Jahren. Ich alter Dackel!«

Der Arzt meldete sich. »Wir bringen Sie in die Chirurgische Uniklinik nach Tübingen.«

»Warten Sie mal. Da liegt der Herr Grosni in einem Doppelzimmer allein. Am besten legen Sie mich dazu.«

»Ich will sehen, was sich machen lässt«, antwortete der Mediziner.

»Obwohl, mir geht's scho wieder so gut. Sie könntet mich auch heimbringen.«

»Vielleicht überlassen Sie die Diagnose uns.« Der Doktor schien leicht pikiert zu sein.

»Ungern«, sagte Bienzle, fügte sich aber in sein Schicksal. Er wendete sich noch mal an Gernot Kühn. »Dass meine Frau ja nix davon erfährt! Die ist imstand und bricht ihre Reise ab, und das will ich auf keinen Fall!«

18

Mithilfe des Navigationsgeräts fand Peter Heiland die Adresse in Kreuzberg, die der kleine Rumäne angegeben hatte. »Waren Sie schon mal da? Sind wir hier richtig?«, fragte er seinen Fahrgast.

»Richtig. Ganz richtig. Danke!« Er machte keine Anstalten auszusteigen.

»Na dann!«, sagte Heiland.

Nicola streckte seine flache Hand nach vorne. »Geld!«

Peter Heiland kramte seine Brieftasche aus der Innentasche seiner Jacke und zählte sechs Scheine à 50 Euro ab.« Der Rumäne beugte sich weit vor, um einen Blick in die offene Brieftasche werfen zu können. »Du hast mehr!«, sagte er.

»Ja, aber du kriegst nicht mehr.«

»Aber ich will mehr!«

Peter Heiland fuhr wütend herum: »So viel war das, was du uns erzählt hast, auch wieder nicht wert. Und wenn du jetzt weiter pokerst, nehmen wir dich fest! Du hast wohl vergessen, dass wir von der Polizei sind.«

Nicola riss Peter Heiland die 300 Euro aus der Hand und sprang aus dem Auto. Der Kommissar stieg in aller

Ruhe aus, öffnete den Kofferraum und sah zu, wie der kleine Rumäne seine Reisetasche und den Rucksack herausnahm. »Ich an Ihrer Stelle würde mich bedanken«, sagte Peter Heiland.

»Danke«, sagte der andere.

Peter reichte ihm seine Visitenkarte. »Du kannst mich jederzeit anrufen, wenn du was Wichtiges weißt.«

»Warum du einmal du und einmal Sie sagen?«

Peter grinste. »Je nachdem, wie's passt.«

Der kleine Mann stopfte den Kaftan, den er die ganze Zeit zusammengewickelt auf seinem Schoß gehalten hatte, in seinen Rucksack, sagte noch einmal Danke und verschwand durch einen Durchlass zu den Gebäuden in den Hinterhöfen.

Als sich Peter gerade wieder hinters Lenkrad gesetzt hatte, meldete sich sein Mobiltelefon. »Ja, Heiland hier.«

»Gernot Kühn aus Tübingen. Gut, dass ich Sie so spät noch erreiche. Sie hatten recht. Bienzle wurde überfallen, nachdem er die DVD ausgegraben hat. Wir haben ihn ins Krankenhaus nach Tübingen gebracht. Er ist verletzt, aber nicht besonders schwer.«

»Und die DVD?«

»Haben wir. Die zwei Typen auch, die den Bienzle niedergeschlagen haben. Gratuliere zu Ihrem guten Riecher! Ich wollte eigentlich zuerst meinen alten Kumpel Carl Finkbeiner anrufen, aber da war die Pause grade rum.«

»Was für 'ne Pause?«

»Im Berliner Ensemble. Er schaut sich die ›Blechtrommel‹ an.«

»Hä?«, machte Peter Heiland. »›Die Blechtrommel‹ ist ein Roman von Günter Grass.«

»Hab ich auch gesagt, aber es sei eine Bearbeitung von Oliver Reese für die Bühne, hat Finkbeiner gesagt. Machen die ja jetzt andauernd, irgendwelche Romane fürs Theater ummodeln.«

Peter Heiland musste zugeben, dass er davon keine Ahnung hatte, und verabschiedete sich von seinem Tübinger Kollegen.

Die Aufführung hatte sich hingezogen. Anschließend war ein Publikumsgespräch mit dem Regisseur und einigen der Darsteller angesetzt, und Jenny Kreuters wollte unbedingt dabei sein. So war es dann erst kurz vor Mitternacht, als sie in der Muskauer Straße vor Jennys Wohnung ankamen.

»Jetzt noch ein Bier. Ich bin völlig ausgetrocknet, aber leider hab ich gar nichts zu trinken zu Hause«, sagte Jenny.

Carl Finkbeiner vermutete, dass die Kollegin so spät in der Nacht verhindern wollte, dass er noch mit zu ihr kam. Er deutete auf einen Spätverkaufsladen 100 Meter die Straße hinunter, die es in Berlin zum Glück in jedem Kiez gab und die für alle Streuner die Nacht über offen hielten. Die sogenannten Spätis sind kleine Läden, die anbieten, was man mal eben so braucht, von Kaffee und Bier über Mehl und Zucker bis zu Ravioli aus der Dose. Oft steht da auch eine Kaffeemaschine.

Sie stiegen aus und gingen zu dem Geschäft. An einem der beiden Stehtische standen drei ältere Männer, denen man ansah, dass sie auf der Straße lebten. Carl Finkbeiner und Jenny grüßten freundlich und wurden zurückgegrüßt. »Zwei Bier«, orderte der Kommissar.

»Glas?«, fragte der arabisch aussehende Mann hinter der Theke.

Jenny schüttelte den Kopf, und Finkbeiner sagte: »Danke, wir trinken aus der Flasche.«

Sie stellten sich an den zweiten Tisch und stießen mit ihren Bierflaschen an.

»Ein bisschen sind diese Spätis wie früher die Tante-Emma-Läden«, sagte Carl.

Jenny stellte ihre Flasche ab. »Warte mal, neulich hab ich gelesen … – von wem war das denn gleich? Egal. Also der hat geschrieben, das seien richtige Begegnungsstätten. Der Rentner trinke sein Bier mit einem Mann aus Mali, ein Parkbankbewohner gebe früh morgens einer Start-up-Unternehmerin Feuer, die nach einer durchgearbeiteten Nacht ihren ersten Cappuccino trinke.«

Vom Nebentisch rief einer der Männer herüber: »Und der Ali verdient nicht schlecht dabei.«

»Na ja«, sagte ein anderer, »so viel ist das dann auch wieder nicht.«

»Aber 'ne gut bezahlte Arbeit findet der sonst nicht, wo er doch nichts gelernt hat.«

»Was du alles weißt!« Damit endete der Dialog.

»Aber jetzt die wollen verbieten Sonntagsverkauf«, rief der Araber hinter der Theke. »Und Sonntag ich verdiene am meisten.«

»Warum das?«, wollte Jenny wissen.

»Weil ich da viele Kunden habe.«

»Nein, ich wollte wissen, warum der Sonntagsverkauf verboten werden soll.«

»Da musst du nicht lange fragen«, sagte Finkbeiner. »Kirchen, Gewerkschaften und Konzerne sind dagegen. Da sind sie sich auf einmal alle einig. Man müsse den Sonntag heiligen, sagen die Kirchen, die arbeitenden Menschen schützen, sagen die Gewerkschaften, und die Konzerne wollen von ihrem großen Kuchen nicht das kleinste Stückchen abgeben.«

»Aber Tankstellen dürfen doch auch verkaufen«, sagte Jenny mit leichter Empörung in der Stimme.

»Ja, und bei Amazon kannst du auch am Sonntag bestellen, und die Bestellung wird prompt erledigt, weil man dort den Tag des Herrn nicht feiern muss.« Carl Finkbeiner holte noch zwei Bier. Von einem nahen Kirchturm, den man nicht sehen konnte, schlug es Mitternacht.

Jenny nahm ihr Bier entgegen. »Dann muss ich aber ins Bett«, sagte sie.

»Über die Aufführung haben wir noch gar nicht gesprochen«, wendete Carl Finkbeiner ein.

»Das hat Zeit bis morgen. Ich bin wirklich hundemüde.«

Sie verabschiedeten sich von den drei Männern und Ali, dem Geschäftsinhaber. »Ich bring dich noch«, sagte Carl. Schweigend gingen sie die 300 Meter bis zu dem Haus, in dem Jenny wohnte.

»Das nächste Mal hab ich Bier und Wein zu Hause«, sagte sie, stellte sich auf die Zehen und hauchte einen Kuss auf Finkbeiners Lippen. »Gute Nacht, Carl!«

»Gute Nacht, Jenny!«

19

Ernst Bienzle kam mühsam zu sich. Die Augen hielt er geschlossen und lauschte auf ein leises Geräusch, das klang, als reibe man Sandpapiere gegeneinander. Langsam öffnete er die Augen. Die Lider waren verklebt, sodass er zunächst seine Umgebung nur schemenhaft wahrnahm. Mit den Knöcheln seiner Zeigefinger massierte er den Schlaf aus den Augen. Er richtete sich auf die Ellbogen auf und sah sich um. Das Sandpapiergeräusch kam aus dem offenen Mund von Eduard Grosni, der im Nebenbett vor sich hin schnarchte. Langsam kam die Erinnerung zurück. Als ihm einfiel, wie Gernot Kühn sich über ihn gebeugt hatte, im Hintergrund die kreiselnden Blaulichter, war Bienzle mit einem Schlag alles wieder klar. Erleichtert seufzte er auf und ließ sich in die Kissen zurücksinken.

Die Tür wurde aufgerissen, eine Schwester Mitte 50 kam mit einem resoluten »Guten Morgen!« herein. »Dann wollen wir mal sehen, wie es uns heute Morgen geht.« Sie klemmte einen Fiebermesser in Bienzles rechtes Ohr. »Schon Stuhlgang gehabt?« Bienzle schüttelte den Kopf. »Und wie ist es mit dem Wasserlassen?«

»Normal«, murmelte der Ex-Kommissar.

Eduard Grosni kam zu sich. »Guten Morgen!«

»Was fehlt mir denn?«, fragte Bienzle die Krankenschwester.

»Gehirnerschütterung. Näheres sagt Ihnen der Herr Doktor bei der Visite.«

Bienzle und Grosni hatten ohne besonderen Appetit zwei Scheiben Schwarzbrot mit Butter und Käsescheibletten hinuntergewürgt und den Kaffee getrunken, der nur ganz entfernt nach Kaffee geschmeckt hatte. Ein junger Arzt hatte Bienzle erklärt, er müsse noch zwei Tage zur Beobachtung hierbleiben. Eine halbe Stunde später kam Gernot Kühn herein.

»Ich will Ihnen mal berichten«, sagte er, als er einen Stuhl neben das Bett Bienzles zog und sich setzte.

Bienzle hob abwehrend beide Hände. »Ich bin nicht mehr im Dienst, lieber Kollege, und was ich gestern gemacht habe, widerspricht allem, was ich euch in meinen Kursen beigebracht habe.«

Kühn störte der Einwand nicht. »Die beiden Männer, offenbar stammen sie aus der Ukraine, verweigern die Aussage. Wir werden sie heute nach Berlin überstellen. Das Video, das Sie ausgegraben haben, zeigt vermutlich die entscheidend handelnden Personen, aber das müssen auch die Berliner Kollegen klären. Wir haben den Film noch heute Nacht überspielt.«

»Danke!«, sagte Bienzle. »Und ab jetzt bin ich nur noch Privatmann. Ich schwöre es, so wahr mir Gott helfe.« Dabei sah er Eduard Grosni an, der bereits das Schachspiel aufgestellt hatte und ungeduldig wartete, dass der Kriminalkommissar aus Tübingen verschwand.

»Sollen wir vielleicht nicht doch Ihre Frau informieren?«, fragte Kühn.

»Ich telefonier' nachher mit ihr.« Bienzle schwang seine nackten Beine über die Bettkante und wandte sich seinem Schachpartner zu.

Punkt zehn Uhr traf sich im großen Konferenzsaal des Landeskriminalamtes am Tempelhofer Damm die Sonderkommission Lobetal, die Kriminaldirektor Christoph Weiser inzwischen zusammengestellt hatte. Die vor Kurzem erst zur Oberstaatsanwältin beförderte Doktor Andrea Meineke nahm ebenfalls teil.

Ein Mitarbeiter des Technischen Dienstes hatte alles vorbereitet. Er hatte einen Beamer auf einem höhenverstellbaren Tisch aufgebaut und an der Stirnseite des Raumes eine eingebaute Leinwand hochgezogen. Peter Heiland fasste die Ereignisse des vorausgegangenen Tages zusammen. Seine Aktion in Neurudnitz streifte er nur ganz kurz. Ausführlich schilderte er dagegen, wie er mit Bienzle telefoniert und ihm angeraten hatte, nichts auf eigene Faust zu unternehmen. »Aber zum Glück kenne ich den Mann gut und habe gleich gemerkt, dass er sich vermutlich nicht daran halten würde. Also habe ich den Kollegen Kühn in Tübingen alarmiert, der absolut professionell gehandelt hat.«

»Ihr Lob, sowohl über sich selbst, als auch das für den Kollegen, können Sie sich ruhig sparen«, rief die Oberstaatsanwältin mit ihrer hohen Stimme dazwischen.

Peter Heiland sah sie an, unentschlossen, wie er reagieren sollte, aber da sprang ihm schon sein Freund Carl Finkbeiner bei. »Haben Sie nicht neulich selbst gesagt, es sei gut, sich nach dem Prinzip ›tue Gutes und rede darüber‹ zu verhalten, Frau Doktor Meineke?«

Die Augen der Staatsanwältin verengten sich. »Daran kann ich mich nicht erinnern.«

»Ich schon«, rief Norbert Meier dazwischen.

»Können wir endlich den Film anschauen?«, fragte Kriminaldirektor Weiser.

Der Techniker schloss die Vorhänge. »Ich muss allerdings gleich sagen, der Ton ist miserabel. Man kann praktisch nicht verstehen, was gesprochen wird. Und noch eins: Man kann aus dem Film schließen, oder sagen wir lieber: Wir gehen davon aus, dass die Aufnahmen von Leon Schubert gemacht wurden. Manchmal sieht man ein Stück Stoff am Rand des Bildes. Er muss das Handy, mit dem er filmte, unter dem Hemd getragen haben.«

Der Techniker startete das Video. Es zeigte eine Terrasse im Grünen. »Das ist das Haus von Poschnew in Lobetal«, stellte Peter Heiland fest.

Jetzt kamen nach und nach mehrere Personen ins wackelnde Bild. Auf einem Mäuerchen saß mit baumelnden Beinen Maik Salzbrenner. Der elegante Filmproduzent Moritz von Wetzstein lag lässig in einem bequemen Liegestuhl. Er trug einen beigen Leinenanzug und ein Hemd mit Schillerkragen, den er über die Revers gelegt hatte. Pjotr Poschnew saß sehr aufrecht in einem Stuhl mit Armlehnen. Der Einzige, der stand, war ein großer breitschultriger Mann, der eine Militärhose und ein olivgrünes T-Shirt trug.

Peter Heiland meldete sich: »Das ist Sergej, der Kapo auf der Neurudnitzer Baustelle.«

Die Stimmen in dem Video waren nicht zu verstehen und wurden überlagert von dem näher kommenden Geräusch eines Motors. Reifen knirschten auf Kies. Der Motor verstummte. Eine Autotür wurde zugeschlagen. Kurz schwenkte das Videobild nach rechts.

»Ein Opel Corsa«, wusste Norbert Meier. Niemand reagierte darauf. Alle im Raum starrten gebannt auf das zittrige Videobild. Der Neuankömmling betrat die Terrasse.

»Das gibt's doch nicht!«, schrie Norbert Meier.

»Nicht zu fassen«, ließ sich Axel Olbrich hören. »Doktor Paul Angermann!«

»Und wer ist das?«, wollte Frau Doktor Meineke wissen.

»Der Chef des Neurudnitzer Gewerbeaufsichtsamtes.«

Alle Anwesenden auf der Terrasse gaben ihm die Hand. »Meine Herren«, hörte man ihn plötzlich. »Sie kennen den Spruch, wenn der Jäger dir zu nahe kommt, verhalte dich still.«

Moritz von Wetzstein sagte etwas, was nicht zu verstehen war. Aber Angermann war offensichtlich so nahe an Leon Schuberts Handy, dass man seine Stimme hören konnte. »Sie waren schon immer zu sorglos, Moritz!«, herrschte der kleine dickliche Mann den Filmproduzenten an. »Immerhin wissen wir jetzt,

um wen es sich bei dem Erpresser handelt«, Angermanns Gesicht kam ins Bild und zeigte einen selbst-
gefälligen Ausdruck. »Sein Name ist Wassyl Grosni.
Er stammt aus der Ukraine, war Polizist auf der Krim.
Und er muss einen Komplizen haben, der unseren kleinen Kreis hier kennt.«

»Und woher wissen wir das?«, fragte Poschnew.

»Von mir«, meldete sich Sergej. »Er war einmal auf
Baustelle. Ich ihn sofort erkannt. Wir Kollegen im Donbass. Ich mich versteckt. Er rumgeschnüffelt.«

»Sergej hat mich dankenswerterweise sofort informiert. Seitdem habe ich diesen Mann beobachten lassen«, sagte Angermann mit einem gewissen Stolz.

Plötzlich gingen alle Stimmen durcheinander und
waren nicht mehr zu verstehen. Man hörte dazwischen
nur ein deutliches »Scheiße!«, das von Leon Schubert
gekommen sein musste, der das Aufnahmegerät unter
seinem Hemd trug.

Dann hörte man Angermann wieder: »Der Mann ist
fällig!«

Poschnew meldete sich. Was er sagte, war nicht zu
verstehen.

»Gut«, sagte Angermann nun wieder hörbar. »Wie
hoch ist die letzte Tranche?«

Poschnew beugte sich über einen Schreibblock, den
er vor sich liegen hatte. Wieder konnte man nur Rudi-
mente von dem hören, was er sagte. Aber es endete mit
»…ionen.«

Die Kamera erfasste nun Maik Salzbrenner, der von
dem Mäuerchen, auf dem er saß, hüpfte und zu Leon

Schubert herüberkam. Offenbar setzte oder stellte er sich neben ihn.

»Lass das doch!«, hörte man Leon unwillig sagen.

Dann vernahm man Salzbrenners Stimme: »Sag mal, Leon: Wassyl Grosni, fällt dir dazu etwas ein?«

»Nö! Lass mich in Ruhe«, antwortet Leon Schubert.

»He, schmusen könnt ihr später«, war nun wieder Angermann zu hören. Dann fragte er: »Übernimmst du wieder den Transport, Leon?«

»Klar. Wenn ihr wollt. Wo muss ich hin?«

»Nach Antwerpen. Die Kohle wird in Edelsteinen investiert. Die Kontaktadresse kriegst du von mir.«

»Okay«, rief von Wetzstein, der aus seinem Liege-stuhl aufgestanden war und zu dem Trio herüberge-kommen war. »Dann gehen wir zum gemütlichen Teil über. Maik, machst du uns die Drinks?«

An dieser Stelle brach der Videofilm ab.

Im Konferenzraum des Landeskriminalamtes herrschte ein paar Augenblicke Ruhe.

»Weiß man, wann das aufgenommen wurde?«, fragte Weiser.

»Na klar«, antwortete der Techniker. »Der Timecode lief ja unten mit. 29. August 2019, von 17.26 Uhr bis 17.37 Uhr.«

»Wann wurde Leon Schubert erschossen?«

»Am 12. September. Laut Gerichtsmedizin gegen 22 Uhr. Also zwei Wochen später.«

»Am 14. September haben wir die Leiche gefunden beziehungsweise von Wassyl Grosni gezeigt bekommen«, ließ sich Peter Heiland hören.

Jenny Kreuters meldete sich: »Als die draufgekommen sind, dass Leon sie bestehlen oder erpressen wollte, war doch Salzbrenner vermutlich mit dabei.«

»Ja und?«, fragte Weiser.

»Der hat ihn geliebt. Also auf uns wirkte das sehr glaubhaft, als wir ihn vernommen haben, nicht wahr, Norbert?«

Meier nickte heftig. »Der ist sogar total zusammengebrochen, als er realisiert hat, dass sein Freund – er hat ja sogar gesagt: mein Mann, erschossen worden war. Andererseits ...« Norbert Meier unterbrach sich.

»Andererseits?« hakte Frau Doktor Meineke nach.

Meier wendete sich an Heiland: »Weißt du noch, wie wir das erste Mal bei Poschnew in Lobetal waren? Poschnew wollte ihn zurechtweisen, weil er uns eine Frage beantwortet hat, die eigentlich an den Russen gerichtet war. Aber da hat der Salzbrenner dem so glasklar die Meinung gegeigt ...«

Heiland nickte: »Ich brauch von dir keinerlei Erlaubnis, mein Lieber!, hat er ihn angefahren.« Die beiden waren absolut auf Augenhöhe. Und Moritz von Wetzstein hat Salzbrenner zum Geschäftsführer seiner Nuovomediarights gemacht, weil er offensichtlich ein knallharter und erfolgreicher Geschäftsmann ist.«

»Also hat er das Weichei nur gespielt?«, fragte Carl Finkbeiner.

»Gut möglich.«

Frau Doktor Meineke meldete sich. »Was wissen wir eigentlich über das Verhältnis zwischen den beiden Mordopfern Grosni und Schubert?«

Überraschend antwortete Hanna Heiland darauf. »Da kann ich vielleicht etwas dazu sagen. Ich habe mir die Akte Schubert genauer angesehen. Wir wissen ja praktisch nichts über ihn, außer, dass er am 24. Juli 1995 in Berlin geboren wurde. So steht es in seinem Ausweis.«

»Ja gut und weiter?«, fragte die Oberstaatsanwältin.

»Ich bin die Melderegister durchgegangen, Bezirk für Bezirk. Die Anschrift seiner Eltern war Léon-Blum-Straße 16 in Pankow. Vielleicht hat er da seinen Vornamen her. Sein Vater war Schneidermeister, seine Mutter ohne Beruf. Die beiden kamen im Rahmen von Bundeskanzler Helmut Kohls Umsiedlungsaktion nach Deutschland. Die Ukraine war damals ein Teil der Sowjetunion. Über 70.000 deutschstämmige Sowjetbürger durften in die Bundesrepublik ausreisen. Offenbar waren die Schuberts als ganz junges Paar dabei. Im Jahr 2010 haben sich die Eltern Leon Schuberts gemeinschaftlich das Leben genommen. Da war Leon gerade mal 16 Jahre alt.«

»Interessant«, ließ sich Frau Meineke hören. »Aber das bringt uns nicht weiter.«

Hanna lächelte. »Vielleicht doch. Leons Mutter war eine geborene Grosni und stammte aus Luhansk in der heutigen Ukraine.«

Das schlug ein wie eine Bombe.

»Mann!«, rief Norbert Meier, »das ist ja 'n Ding!«

»Sehr gut, Frau Heiland. Wirklich sehr gut!«, lobte Kriminaldirektor Weiser. »Dann war Wassyl Grosni vielleicht der Onkel von Leon Schubert?«

»Ja, so sieht es aus«, antwortete Hanna.

»Nach allem, was wir jetzt wissen, könnte es für einen Haftbefehl gegen von Wetzstein, Poschnew, Salzbrenner und Doktor Angermann reichen«, sagte Frau Doktor Meineke.

»Für diesen Sergej sowieso«, rief Meier dazwischen.

»Moment«, meldete sich Axel Olbrich. »Ich denke, Sie sind über die geplanten Aktionen der Zollbehörden unterrichtet, Frau Oberstaatsanwältin.«

»Ach so. Das ist natürlich zu bedenken!«

»Wir haben uns deswegen bis jetzt durchaus Zurückhaltung auferlegt«, kam es von Peter Heiland.

»Sie können doch gar nicht wissen …«, fuhr ihn die Oberstaatsanwältin an.

»Doch«, sagte Heiland. »Ministerialdirektor Doktor Zeisig hat uns eingeweiht.«

»Tatsächlich? Also das ist doch …« Sie vollendete den Satz nicht, aber die Empörung war ihr anzusehen.

»Wir von der Abteilung Wirtschaft und Korruption sind von Anfang an eingebunden«, sagte Olbrich. »Und nun kann ich es ja sagen: Die Großaktion beginnt …«, er sah auf seine Uhr, »in 19 Stunden, morgen früh um sechs Uhr.«

20

Die beiden Männer, die Gernot Kühn und seine Leute in Dettenhausen überwältigt und festgenommen hatten, waren nach Berlin-Moabit in die dortige Justizvollzugsanstalt überführt worden. Sie hatten bei ihrer Festnahme keinerlei Papiere bei sich. Dass sie Ukrainer waren, konnte dank eines Sprachexperten festgestellt werden, der aufmerksam zuhörte, als die beiden miteinander redeten. Gegenüber den deutschen Polizeibeamten schwiegen sie verbissen.

Nun saßen sie im Vernehmungsraum und warteten auf die Kommissare, die sie verhören sollten. Heiland und Finkbeiner traten ein. Überrascht sah Peter Heiland einen der beiden an. »Na so was! So sieht man sich wieder!«

Finkbeiner blickte verständnislos zu seinem Kollegen hinüber. »Du kennst den Mann?«

»Du hast ihn auch schon mal gesehen«, sagte Heiland zu Finkbeiner. »Allerdings nur auf dem verwackelten Video, das Leon Schubert auf der Terrasse von Poschnews Landhaus aufgenommen hat. Er ist ... also er war der Kapo auf Poschnews Baustelle in Neurudnitz.«

Die beiden Kommissare setzten sich den Gefangenen gegenüber.

An der Kopfseite des Tisches hatte der Dolmetscher Platz genommen.

»Sergej! Sie werden auf der Baustelle fehlen, oder?«

Der Angesprochene starrte Heiland nur an.

»Pjotr Poschnew hat also Sie beide beauftragt, Leon Schubert und Wassyl Grosni zu töten.« Der Dolmetscher übersetzte. Die beiden Männer, die sich ähnlich sahen und beide die Statur von Schwergewichtsboxern hatten, starrten nur auf die Tischplatte. Ihr Gesichtsausdruck veränderte sich nicht.

Carl Finkbeiner hatte sein Tablet mitgebracht und spielte den beiden die Szene aus der leeren Lagerhalle und aus dem Waldstück vor, in dem Leon Schuberts Leiche verscharrt wurde. Er deutete auf die beiden maskierten Männer. »Das sind Sie beide!«

Die Verdächtigen hoben synchron die Köpfe, starrten Finkbeiner an, sagten aber nichts.

Jetzt legte Peter Heiland Wassyl Grosnis Handy auf den Tisch und schaltete die gespeicherten Anrufe ein. Als sie verklungen waren, sagte Heiland: »Es ist Ihre Stimme, Sergej.«

Der hob den Kopf. »Nein!«

»Wir haben sehr gute Experten, die Ihnen das per Sprachvergleich nachweisen werden.«

Sergej senkte den Blick und sah auf seine Hände hinab, die gefaltet auf der Tischplatte lagen.

Ein Wachmann ließ Jenny Kreuters herein. Sie hielt ein paar Blätter Papier in der Hand. »Die Kollegen bei der Datenerfassung haben schnell gearbeitet«, sagte sie. »Und fast noch schneller waren die Kollegen in Kiew. Jedenfalls sind die Fotos dieser beiden Herren sowohl bei uns, als auch bei den ukrainischen Behörden registriert. Sie sind übrigens Brüder. Mehrere Vorstrafen wegen Körperverletzung und schwerer Körperverletzung. Mord oder Totschlag waren bisher nicht dabei.« Sie sah die beiden Häftlinge an, lächelte ihnen kurz zu und reichte die Computerausdrucke Peter Heiland. Der studierte die abgedruckten Bilder und verglich sie mit den Gesichtern der Ukrainer. Dann deutete er auf den Älteren: »Sie sind also Sergej Dobkin, und Sie«, jetzt zeigte er auf den Jüngeren, »sind Arsenij Dobkin. Beide geboren in Luhansk. In der Ukraine.«

Die Häftlinge sahen sich an. Arsenij zischte ein paar Wörter.

»Was sagt er?«, fragte Heiland den Dolmetscher.

Der übersetzte, ohne eine Miene zu verziehen: »Scheiße verdammte. Wir sind am Arsch!«

Sergej Dobkin legte seinem Bruder beruhigend die Hand auf den Arm und antwortete leise.

Der Übersetzer gab die Worte in Deutsch wieder. »Beruhige dich. Sie wissen nichts.«

Finkbeiner zeigte auf sein Tablet. »Wir werden Ihnen beweisen, dass Sie die Männer auf diesen Filmen sind. Dass Sie in Dettenhausen bei Herrn Grosni eingebrochen sind und den Mann fast totgeschlagen haben, ist absolut sicher.«

Der Dolmetscher übersetzte, und Finkbeiner fuhr

fort. »Wenn Sie Ihre Lage verbessern wollen, müssen Sie mit uns reden.«

Aber die beiden Ukrainer fielen in ihr Schweigen zurück.

Als die beiden Kommissare das Gefängnis in Moabit verließen, sagte Carl Finkbeiner: »Jetzt haben wir zwei Mörder, aber wissen noch immer nicht, wer ihnen den Auftrag für die Morde gegeben hat.«

»Was hat dieser Angermann gesagt?«, rief Peter Heiland plötzlich.

»Wer? Wann?«, Carl Finkbeiner konnte mit der Frage nichts anfangen.

»In dem Film. Auf Pjotr Poschnews Terrasse.«

»Keine Ahnung, was du meinst.«

»Wenn der Jäger dir zu nahe kommt, verhalte dich still.«

»Ach, das meinst du? Und?«

»Er ahnte vielleicht, dass die Razzia bevorsteht, oder er wusste es.«

»Du meinst, es könnte irgendwo bei uns einen Maulwurf geben, der ihm Bescheid gesagt hat?«

»Ist 'ne verrückte Idee, ich weiß.«

»Wär' nicht die erste bei dir, und manchmal hast du damit schon ins Schwarze getroffen.«

»Danke für die Blumen. Aber wenn es stimmt …«

Finkbeiner lachte kurz auf. »Verdächtigen die vom Zoll uns als Erste, wir hätten nicht dichtgehalten.«

Peter Heiland, der am Steuer saß, wendete bei der nächsten Gelegenheit und fuhr Richtung Mehringdamm.

»Was hast du vor?«, wollte Finkbeiner wissen.

»Wir sprechen mit Regierungsdirektor Doktor Zeisig beim Hauptzollamt.« Kurz darauf bog er vom Mehringdamm auf Höhe der Dudenstraße nach links in den
Columbiadamm ein und fuhr auf den Parkplatz hinter
der Einfahrt zum Hauptzollamt.

Über das Tempelhofer Feld schob sich eine schwarze
Wolkenwand. Ein heftiger Westwind kam auf. Über den
Grünfeldern und den ehemaligen Startbahnen tanzten
ein paar Dutzend Drachen in allen Größen am Himmel. Peter Heiland blieb einen Moment stehen. »Meinen ersten Drachen hat mir mein Opa Henry gebaut:
zwei Latten zu einem Kreuz zusammengenagelt, Pack-
papier darübergezogen, ein Gesicht drauf gemalt, einen
Schwanz mit Papierstücken drangenäht und eine lange
Schnurrolle mit dem Kreuz verbunden. Ich war damals
sieben Jahre alt. Wir sind extra auf die Schwäbische Alb
gefahren, um den Drachen steigen zu lassen.«

»Und ist er geflogen?«

»Drei Mal abgestürzt, und jedes Mal hat ihn Opa
Henry wieder repariert. Beim vierten Mal ist er über 'ne
halbe Stunde oben geblieben. Es war ein Wetter wie heute,
genauso ein strammer Wind kurz vor einem Gewitter. Du
kannst dir vorstellen, wie begeistert ich war.«

Carl Finkbeiner nickte nur und stieß die Tür zum
Hauptzollamt auf.

»Das finde ich sehr gut, dass Sie mit diesen Bedenken zu
mir gekommen sind«, sagte Doktor Zeisig, als ihm Peter
Heiland seine Überlegungen vorgetragen hatte. »Nur,

was machen wir jetzt? Poschnew, Salzbrenner, von Wetzstein und Angermann jetzt zu verhaften, würde doch die ganze Szene aufschrecken – und das so kurz vor unserer Großrazzia.«

»Aber wir sollten sie ab jetzt unbedingt observieren«, meinte Finkbeiner.

»Das müssten Sie aber mit Ihren Leuten machen. Ich kann keinen einzigen Mann dafür freigeben.«

Peter Heiland nickte. »Ich werde mit Doktor Weiser sprechen.«

»Ich danke Ihnen.« Doktor Zeisig erhob sich. »Es ist ein Vergnügen, mit solch engagierten Beamten zusammenzuarbeiten.«

Kriminaldirektor Christoph Weiser legte seine Stirn in Falten. »Halten Sie das wirklich für zielführend?«

»Ehrlich gesagt: Ich weiß es selbst nicht. Aber ich will mir auch kein Versäumnis nachsagen lassen«, antwortete Peter Heiland.

»Okay«, sagte Weiser. »Je zwei Beamte aus der SoKo Lobetal für alle vier Personen. Wie Sie die Aufgaben verteilen, ist Ihre Sache.«

Die Sonderkommission trat eine halbe Stunde später zusammen. Es war kurz vor 16 Uhr. Das Unwetter, das sich angekündigt hatte, brach mit voller Wucht über Berlin herein. Regensalven wurden gegen die Fenster geworfen. Der Himmel hatte sich so verfinstert, dass man glauben konnte, es sei später Abend.

Meier feixte. »Ein Wetter, bei dem man sich so eine Observation geradezu wünscht, wa?«

Es war kein Problem, die Zweierteams zusammen-zustellen. Peter Heiland und Norbert Meier erklärten sich als Erste bereit. Danach Jenny Kreuters und Carl Finkbeiner. Dabei wechselten ein paar Kollegen Blicke, denen es nicht entgangen war, dass man die beiden jetzt häufig zusammen sah, vor allem mittags in der Kantine. Die beiden anderen Teams besetzte Axel Olbrich aus seiner Abteilung. Hanna, die sich ebenfalls meldete, beschied er knapp: Wenn schon Peter mitmacht, dann kümmere du dich um euern kleinen Sohn.«

»Danke!«, sagte Peter Heiland.

Hanna sagte nichts dazu.

Peter Heiland und Norbert Meier übernahmen die Observation Doktor Angermanns. Jenny und Finkbeiner wollten sich um Maik Salzbrenner kümmern. Axel Olbrich übernahm Pjotr Poschnew, und zwei Kollegen aus seiner Abteilung sollten Moritz von Wetzstein observieren.

Man beschloss, die Beobachtung der Zielpersonen bis zu Beginn der Großrazzia um sechs Uhr des nächstens Tages aufrechtzuerhalten.

Der Sturm hatte nachgelassen, die schweren Niederschläge waren in einen dichten Dauerregen übergegangen, als sich Jenny Kreuters und Carl Finkbeiner gegen 18 Uhr dem Wohnschiff Maik Salzbrenners näherten. Ihren Dienstwagen hatten sie etwa 300 Meter vor der schmalen Brücke über den Zufluss zur Havel abgestellt. Auf dem erhöhten Dammweg parkte ein ziemlich heruntergekommener Kombi in einer undefinierbaren Farbe direkt am Steg zum Boot. Die Heckklappe stand offen.

»Norbert hat doch erzählt, dass er so 'ne Karre vor Poschnews Landhaus gesehen hat«, sagte Jenny.

Carl nickte. »Er hat ja Salzbrenner dort angetroffen. Und das ist also sein Wohnschiff?«

»Ja, ein Ponton Jazz mit Aufbau, hab ich gelernt.«

Die beiden suchten Schutz unter den weit überhängenden Zweigen einer Weide. Salzbrenner kam aus der Aluminiumhütte seines Wohnschiffs. Er schleppte einen schweren Koffer, den er mit erstaunlich viel Kraft auf die Ladefläche des Kombis warf. Dann kehrte er zu seiner Behausung zurück.

»Was machen wir, wenn er jetzt davonfährt?«, fragte Jenny.

»Am besten holst du unseren Wagen und parkst ihn vorne an der Brücke. Möglichst so, dass man ihn nicht sieht. Sobald er losfährt, versuchen wir, ihm zu folgen.«

Jenny zog die Kapuze ihres Parkas über den Kopf und rannte los.

Doch zunächst tat sich nichts. Finkbeiner pirschte sich näher an das Wohnboot heran. Von drinnen erklang klassische Musik. Doch schon nach wenigen Minuten brach die Musik ab. Das Licht im Wohnschiff erlosch. Maik Salzbrenner betrat mit einem weiteren schweren Koffer das Deck, schloss die Aluminiumhütte ab und verließ sein Wohnboot über den Steg.

Carl Finkbeiner schlich davon.

Er hörte, wie die Heckklappe zugeschlagen wurde. Dann das Klappen einer Autotür. Der Motor wurde angelassen, kam aber erst nach mehreren Versuchen stotternd in Gang. Carl Finkbeiner begann zu rennen, so schnell er konnte. Er erreichte die Brücke, hastete hinüber und war unendlich erleichtert, als er das kurze Lichtzeichen sah, das von dem Dienstwagen kam, der hinter einer dichten Baumgruppe stand. Das Motorgeräusch des Kombis kam immer näher. Finkbeiner warf sich, völlig außer Atem, auf den Beifahrersitz. Die Scheinwerfer des Kombis krochen um die Kurve auf die Brücke zu. Danach war der Weg fester und besser befahrbar. Jenny startete den Motor, sobald sie der Kombi passiert hatte. Sie warf einen kurzen Blick zu Finkbeiner hinüber und rief. »He, du kollabierst mir aber nicht!«

»Fahr!«, stieß er nur hervor.

Vorsichtig lenkte Jenny ihr Auto auf den befestigten Weg. Die roten Rücklichter des Kombis schwankten auf und ab. Noch fuhr die Kommissarin ohne Licht. Die Rückleuchten des Kombis waren ihre einzige Orientierung. Zum Glück hatte der Regen aufgehört. »Der entkommt uns nicht«, sagte Jenny.

Carl Finkbeiner hatte inzwischen sein Handy herausgezogen. Die Sonderkommission hatte für diese Nacht eine WhatsApp-Gruppe gebildet. Er gab die Nachricht durch: »Salzbrenner hat sein Boot mit viel Gepäck verlassen und fährt Richtung Stadt. Wir folgen ihm.«

Doktor Paul Angermanns Adresse in Neurudnitz hatten Heiland und Meier zuvor ermittelt. Aber dort war er nicht. Eine Nachbarin wusste, dass er gegen 17 Uhr nach Hause gekommen war, aber schon kurz danach wieder gegangen sei. »Er hatte zwei schwere Reisetaschen dabei, also wird er wohl so schnell nicht wiederkommen«, sagte sie zu Peter Heiland, der kurz bei ihr geklingelt und sich als Bekannter des Herrn Doktor Angermann vorgestellt hatte.

»Schade, sagte er. Aber dann besuche ich ihn halt ein anderes Mal.«

Die Nachbarin sagte: »Da wird er sich bestimmt drüber freuen. Er hat ja so wenig Umgang.«

Heiland kehrte zu Meier zurück. »Hab ich auch schon lange nicht mehr gehört«, sagte er, »er hat ja so wenig Umgang.«

Meier schien sich dafür nicht zu interessieren. »Also was nun?«

»Vielleicht finden wir ihn ja in seinem Büro.«

»Versuchen kann man's.«

Es war schon nach 19 Uhr, das Rathaus geschlossen. Aber hinter einem Fenster brannte Licht. Der Himmel war durch tief hängende Wolken verdeckt, die den frühen Abend verdunkelten.

»Ist das überhaupt sein Büro?«, fragte Heiland.

»Ja. Ich war ja mit Axel Olbrich bei ihm. Und das war genau dort, wo jetzt das Licht brennt.«

»Okay, warten wir.«

In diesem Augenblick kam Finkbeiners WhatsApp-Nachricht. Und kurz danach die von Olbrich. »Pjotr Poschnew ist in seinem Landhaus, scheint sich aber darauf vorzubereiten abzureisen.«

»Er könnt uns ja mitteilen, woran er das erkennt«, moserte Meier. Da kam die nächste Nachricht von Finkbeiner. »Wenn uns nicht alles täuscht, ist Salzbrenner auf dem Weg nach Lobetal.«

»Die Ratten verlassen das sinkende Schiff«, sagte Meier.

Heiland nickte. »Wenn wir ihnen nicht zuvorkommen. Aber was ist mit Moritz von Wetzstein?«

»Ich gebe die Frage durch«, antwortete Meier und tippte auf seinem Handy herum.

Die Antwort kam prompt. »Mist und Kacke«, kommentierte Meier, bevor er Heiland die Nachricht vorlas: »Wir haben ihn nicht gefunden, weder im Büro noch zu Hause. Der Mann ist verschwunden.«

Als Maik Salzbrenner sich dem Dorfrand von Lobetal näherte, ließ sich Jenny mit ihrem Dienstwagen zurückfallen. Carl Finkbeiner hatte Axel Olbrich am Telefon. »Achtung! Salzbrenner müsste in wenigen Minuten bei Poschnew eintreffen.«

»Okay! Wir sind vorbereitet«, antwortete Olbrich.

Gegen 20 Uhr verließ Doktor Paul Angermann das Rathaus in Neurudnitz. Auf dem geräumigen Parkplatz stand nur noch ein Auto, ein Opel Corsa, den er nun bestieg.

Meier und Heiland folgten ihm. Aber sein Weg führte nicht, wie von ihnen erwartet, in Richtung Lobetal, sondern zur Avus Richtung A9 und A10.

Als er hinter Potsdam die Autobahn verließ, gab Meier in kurzen Abständen die Positionen Angermanns durch, bis Olbrich plötzlich rief: »Der fährt nach Werneuchen zum Flugplatz.«

»Aber da herrscht absolutes Nachtflugverbot«, meldete sich Finkbeiner.

Wenig später bestätigte Meier: »Angermann hat den Flugplatz Werneuchen erreicht. Er schließt mit einem Schlüssel das Tor auf und fährt direkt zu der Flugleitstelle, oder wie man das nennt. Ein zweigeschossiger Ziegelbau mit einem halbrunden Turm, der nur unzulänglich beleuchtet ist. Das Tor hat Angermann sperrangelweit offen gelassen.«

Salzbrenner hatte seinen Kombi neben Poschnews Jeep abgestellt. Der Russe kam aus dem Haus und half dem Musiker, sein Gepäck umzuladen. Kurz darauf schloss Poschnew sein Haus sorgfältig ab, stieg in sein Auto und startete den Motor. Maik Salzbrenner hatte neben ihm Platz genommen.

In diesem Augenblick beschloss Olbrich, Heiland anzurufen. »Was meinst du, sollen wir Verstärkung für den Flughafen Werneuchen anfordern?«

Heiland überlegte ein paar Augenblicke und sagte dann: »Wäre nicht schlecht, wenn sie uns genehmigt wird.«

»Okay. Ich versuch's.«

Den Kommissaren war bald klar, dass auch Poschnew das Ziel Werneuchen ansteuerte. Axel Olbrich beorderte alle an den Observationen beteiligten Beamten dorthin, nachdem man ihm beschieden hatte, dass so schnell kein Sondereinsatzkommando zu bekommen sei.

Wenig später kam eine Meldung aus der Zentrale: »Wir haben uns sachkundig gemacht. Werneuchen ist ein Sonderlandeplatz, wird hauptsächlich von Leichtfliegern genutzt. Das Abflughöchstgewicht liegt bei 5,7 Tonnen. Frequenz des Flughafens 128.740. Früher war das sogar ein Militärflugplatz des Warschauer Pakts. Dort können auch große Flugzeuge starten und landen. Allerdings nicht nachts, die haben keine Befeuerungsanlage.«

»Was nutzt uns das jetzt?«, maulte Meier und gab sich gleich selbst die Antwort: »Gar nichts!«

Die Uhr am Armaturenbrett zeigte 22.25 Uhr, als Axel Olbrich und sein Kollege den Flugplatz in Werneuchen erreichten. Dicht hinter ihnen fuhren Jenny Kreuters und Carl Finkbeiner. Sie beobachteten aus einiger Entfernung, wie Poschnews Jeep durch das offene Tor auf dem Flugfeld verschwand. Peter Heiland und Norbert Meier warteten nicht weit vom Eingangstor. Ihr Auto hatten sie hinter ein paar Büschen versteckt, so gut es eben ging. Olbrich und Heiland holten aus den Kofferräumen ihrer Fahrzeuge je einen schweren Handscheinwerfer. Sie beschlossen, dass Olbrichs Kollege auf die Beamten warten sollte, die auf von Wetzstein angesetzt waren. Die anderen machten sich auf den Weg.

Ein kalter Wind fegte über das Land. Dunkle Wolkenfetzen jagten über den Himmel und gaben ab und zu eine Lücke für das Mondlicht frei. In diesen kurzen Momenten war der Flugplatz gut einzusehen. Finkbeiner, der ein Fernglas an die Augen gesetzt hatte, rief:

»Dort bei dem Hangar steht das Flugzeug, direkt am Beginn der Startbahn. Offenbar beladen sie es mit ihrem Gepäck.«

»Gib mal her«, sagte Meier, nahm Finkbeiner das Fernglas aus der Hand und hob es vor die Augen. »Eine Beechcraft King Air 90. Hat Platz für vier bis sechs Personen.«

»Und woher weißt du das?« Finkbeiner nahm ihm das Glas wieder ab.

»Wusstest du nicht, dass ich mich schon seit ewigen Zeiten für Flugzeuge interessiere?«

»Ruhe jetzt!«, befahl Peter Heiland.

Es war schwierig, sich bis zur Startbahn heranzupirschen, wo die Maschine stand. Nur wenige Büsche am Rand der Grasfläche gaben Schutz. Die Polizisten bewegten sich nur dann, wenn eine schwarze Wolke das Mond- und Sternenlicht auslöschte. Endlich erreichten sie das Flugplatzgebäude, das ihnen Sichtschutz bot. Jetzt waren es nur noch etwa 30 Meter bis zur Startbahn.

»Sobald sie einsteigen, legen wir los«, flüsterte Olbrich und zog schon mal seine Dienstwaffe aus dem Holster.

Finkbeiner richtete sein Fernglas auf die Gruppe am Flugzeug. »Da ist ja Wetzstein«, flüsterte er plötzlich. »Der Mann mit der Fliegerkappe. Er ist wohl der Pilot.«

»Woher willste das wissen?«, fragte Meier leise.

»Er gibt alle Anweisungen.«

Moritz von Wetzstein stieg als Erster in die Maschine, nahm den Pilotensitz ein und startete die Triebwerke, die blubbernd zu laufen begannen.

»Wenn's nicht anders geht, schießen wir auf die Reifen und auf die Pilotenkanzel«, zischte Olbrich und gab das Kommando: »Los!«

Alle hatten nun ihre Waffen gezückt. Heiland und Olbrich rannten gebückt voraus. Als sie zehn Meter von dem Flugzeug entfernt waren, verschwand Poschnew gerade in der Kabine. Maik Salzbrenner erreichte die letzte Stufe der schmalen Einstiegstreppe. Angermann stand noch auf dem Boden.

Jetzt flammten die starken Scheinwerfer auf, die Olbrich und Heiland in ihren Händen hatten.

Maik Salzbenner sprang in die Kabine hinein, zog die Treppe hoch und schloss die Tür. Der Motor des Flugzeugs heulte auf. Angermann stürzte nach vorne und trommelte mit den Fäusten gegen die Außenwand des Fliegers, der in diesem Moment Fahrt aufnahm. Angermann wurde zu Boden geschleudert und blieb auf dem Rücken liegen.

Pistolenschüsse bellten über das Gelände. Ein Reifen wurde getroffen, aber das hinderte den Piloten nicht, die Geschwindigkeit zu steigern. Der Versuch, auf das Cockpit zu schießen, schlug fehl. In diesem Augenblick näherte sich mit Blaulicht und Martinshorn ein Polizeiauto. Die Kollegen, die von Wetzstein nicht hatten finden können, rasten auf die Startbahn zu, stellten das Fahrzeug quer und sprangen heraus. Sie konnten sich gerade noch in Sicherheit bringen, bevor die zweimotorige Beechcraft gegen das Polizeiauto krachte.

Peter Heiland reichte Doktor Angermann die Hand, zog ihn hoch und teilte ihm mit, er sei vorläufig festgenommen. »Ihr Anzug ist hin!«, sagte er grinsend. Angermann war in eine morastige Pfütze gefallen, als er von der Maschine abgeprallt war.

Es dauerte einige Zeit, bis die hinzugekommenen Männer der Feuerwehr Poschnew, Salzbrenner und von Wetzstein aus dem völlig verkeilten Flugzeugwrack befreien konnten. Alle drei waren nur leicht verletzt. Sie wurden wie Angermann festgenommen und bekamen Handschellen angelegt. Gegen ein Uhr in der Nacht kam ein Polizeibulli, um die Verhafteten zu übernehmen.

21

Die Großrazzia begann pünktlich um sechs Uhr. 1.935 Beamte vom Hauptzollamt sowie der Bundes- und der Landespolizei waren im Einsatz und durchsuchten nahezu gleichzeitig 120 Wohn- und Geschäftsgebäude im Berliner Stadtgebiet sowie in den Städten Brandenburg, Dessau und Halle. 24 Zollbeamte und Polizisten drangen in das Neurudnitzer Baugelände ein. Im Baubüro beschlagnahmten die Ermittler sieben Computer und alle Aktenordner. Schon ein erster Blick in die Akten ließ erkennen: Sergej Dobkin war ein scheinselbstständiger Unternehmer, zahlte weder Steuern noch Sozialabgaben und den Mitarbeitern nur einen Bruchteil der ihnen zustehenden Löhne. Ein Muster, das die Fahnder an vielen anderen Stellen antrafen.

Drei Stunden später begannen Peter Heiland und seine Kollegen mit den Verhören. Peter Heiland ließ Doktor Paul Angermann vorführen. Er war sich sicher, dass er ihn am ehesten zum Reden bringen würde, zumal der sich von den anderen verraten fühlen musste, weil sie ihn auf dem Flugplatz von Werneuchen schutzlos zurücklassen wollten.

Norbert Meier wartete bereits im Verhörraum. Nachdem alle drei um einen Tisch Platz genommen hatten, eröffnete Heiland das Verhör: »Sie haben also die Morde an Leon Schubert und Wassyl Grosni angeordnet.«

»Ich?« In Angermanns Gesicht stand die Panik, die ihn in diesem Augenblick erfasste.

»Natürlich Sie«, sagte Norbert Meier. »Sie haben doch den Ton angegeben, wenn Sie sich mit Poschnew, von Wetzstein und Salzbrenner getroffen haben. In einem Film, den wir von Ihrem vermutlich letzten Treffen auf Poschnews Terrasse haben, sagen Sie: Der Mann ist fällig! Gemeint ist eindeutig Wassyl Grosni.«

»Aber da wusste ich doch noch gar nicht …«, Angermann unterbrach sich.

»Was wussten Sie nicht?«

»Im Grunde hatte ich gar keine Ahnung, worum es überhaupt ging.«

Peter Heiland schüttelte den Kopf und sah Angermann mit einem nachsichtigen Lächeln an. »Das glaubt Ihnen kein Mensch! Für uns und die Staatsanwaltschaft klingt der Satz ›der Mann ist fällig‹ eindeutig wie der Mordauftrag. Und dann sagen Sie auch noch …«, Peter Heiland sah in seinen Notizen nach, »ja, da hab ich's: Immerhin wissen wir jetzt, um wen es sich bei dem Erpresser handelt. Sein Name ist Wassyl Grosni. Er stammt aus der Ukraine, war Polizist auf der Krim. Und er muss einen Komplizen haben, der unseren kleinen Kreis hier kennt. Woher hatten Sie denn diese Informationen?«

Über das runde, blasse Gesicht Angermanns rann Schweiß. »Ich kann mich nicht erinnern, dass ich das gesagt haben soll.«

»Wir spielen es Ihnen gerne vor.«

Angermann hob abwehrend seine dicklichen Arme. »Nein, das bringt doch nichts.«

»Sie haben recht. Nur wenn Sie ganz schnell mit der Wahrheit herausrücken, bringt das was für Sie. Ich weiß nicht, ob Ihnen das klar ist: Aber je nachdem, inwieweit Sie in die Entscheidungen eingebunden waren, fällt das Urteil aus. Das kann dann zwischen ein paar Jahren und lebenslang liegen. Sie sollten sich also gut überlegen, ob Sie Ihre Komplizen decken oder mit uns kooperieren wollen.«

Angermann biss sich auf die Unterlippe und senkte den Kopf fast bis zur Tischplatte, aber er antwortete nicht. Meier wollte etwas sagen, aber Peter Heiland stoppte ihn mit einer raschen Geste. Er hatte das sichere Gefühl, dass Angermann das lastende Schweigen nicht lange aushalten würde. Und tatsächlich hob der nach einer Weile plötzlich den Kopf und stieß hervor: »Sergej hat ihn erkannt.«

»Sergej Dobkin?«

»Ja. Grosni muss einmal in Neurudnitz aufgetaucht sein. Sergej konnte sich rechtzeitig verbergen und Grosni beobachten. Sie müssen wissen: Sergej war in seinem früheren Leben Polizist. Zu mir hat er gesagt, er sei Grosni vor vielen Jahren begegnet.«

»Wussten Sie, dass Grosni und Leon Schubert miteinander verwandt waren?«

Angermann war sichtlich überrascht. »Nein.«

»Woher wusste Sergej, dass Grosni im Besitz von Erpressungsmaterial war?«

»Das wusste er nicht, aber ich habe Grosni von dem Moment an überwachen lassen. An jenem Abend auf Poschnews Terrasse wusste ich deshalb auch schon, dass Grosni und Schubert zusammenarbeiteten. Aber ich hatte keine Ahnung davon, dass die beiden verwandt waren.«

Plötzlich schien Angermann bereit zu sein zu reden.

Peter Heiland stieß nach: »Wie haben Sie sich eigentlich in die kriminellen Machenschaften der Herren Poschnew, von Wetzstein und Salzbrenner verwickeln lassen?«

Angermann hob seine kurzen Arme zum Himmel und zog seinen runden Kopf dicht zwischen seine Schultern. »Mein Gott, wie so etwas eben passiert.«

»Ja, das wollten wir gerne wissen, wie so etwas eben passiert.«

»Ich habe Poschnew ein paar gute Ratschläge gegeben, wie er sein Bargeld …«

»Sein Schwarzgeld«, fuhr Meier dazwischen.

Angermann insistierte: »Wie er sein Bargeld am geschicktesten unterbringen konnte.«

Peter Heiland baute dem Stadtangestellten eine goldene Brücke: »Sie waren also mehr oder weniger nur so eine Art Wirtschaftsberater für Poschnew?«

»Ja, genau. Ganz genau!«

»Das würde mich interessieren«, sagte Heiland in freundlichem Ton. »Was rät man denn da so?«

»Sie wissen vielleicht, dass Immobilien hierzulande in bar bezahlt werden dürfen. Ich schätze mal, dass 20 Prozent aller – sagen wir ruhig – Geldwäschereien über Wohneigentum laufen.«

»Und sonst?«

»Na ja. Man kauft Gold, Schmuck, Edelsteine. Alles, was gut und teuer ist, will ich mal sagen. Es kann auch mal ein besonderes Auto aus der Premiumklasse sein. Das Geldwäschegesetz sieht zwar vor, dass die Gewerbetreibenden sich ab einem Barbetrag von 10.000 Euro den Ausweis vorlegen lassen, diesen dann kopieren und zu den Akten legen müssen. Aber wer macht das schon. Es gibt praktisch keine Kontrollen. Bundesweit sind es keine 250 Beamte, die sich darum kümmern. Da lacht sich doch jeder Geldwäscher ins Fäustchen.« Doktor Angermann redete sich richtig in Rage. Offenbar war er der Meinung, je mehr es bei ihm um die Wirtschaftsdelikte gehe, umso weniger interessierten sich die Polizisten für die Morde. »Auch Makler und Notare ignorieren in den allermeisten Fällen ihre Meldepflicht.«

»Und da drohte auf einmal Wassyl Grosni, das ganze Konstrukt, das Sie für Poschnew und seine Komplizen aufgebaut hatten, zu verraten. Und die Informationen dazu hatte er von seinem Neffen Leon Schubert.«

»Wenn Sie das so sagen, wird es wohl stimmen.« Angermann hob ruckartig zwei Mal seine Schultern bis zu den Ohren. »Aber dafür bringt man doch keinen Menschen um.«

»Sie vielleicht nicht, aber Leute wie Poschnew schon.«

»Ich kann dazu nichts sagen.«

»Und was sollte dann Ihr Satz ›der ist fällig …‹«

»Na ja, ich dachte an – wie sagt man – nun ja, an eine Abreibung, will ich mal sagen, aber doch nie und nimmer an Mord.«

»Wem gehört das Flugzeug, mit dem Sie abhauen wollten?«, fragte Meier dazwischen.

»Moritz von Wetzstein.«

»Ich denke, der ist pleite.«

Angermann, der immer ruhiger wurde, winkte mit einer geringschätzigen Geste ab. »Alles Mimikry. Wetzstein hat zwar kaum mehr etwas produziert, aber er hat mit Filmrechten gehandelt. Die meisten hat er Poschnew abgekauft.«

»Poschnew handelt mit Filmrechten?«

»Ja, natürlich. Warum auch nicht? Es ist ein Geschäft wie jedes andere. Was man dafür braucht, ist lediglich ein Exposé, einen Entwurf eben, der so genial ist, dass man vermeintlich gerne eine Viertelmillion dafür ausgibt. Oder die Rechte an einem Buch, die man billig erwerben kann. Poschnew hatte eigens eine Agentur in Tiflis gegründet, die eigentlich nur aus einem Briefkasten bestand. Die verfügte über die Filmplots, die er verkaufte und die meistens Maik Salzbrenner geschrieben hat.«

Peter Heiland lachte. »Der gleiche Maik Salzbrenner, der als Geschäftsführer der Nuovomediarights die Filmideen ankaufte?«

Angermann nickte.

»Mit Poschnews Schwarzgeld?« Meier konnte es nicht fassen.

»Ja, sag ich doch.«

»Langsam«, sagte Heiland, »dass ich das auch richtig verstehe. Poschnew erwirtschaftete das Schwarzgeld über seine Baufirmen, indem er dem Subunternehmer nur einen Bruchteil dessen bezahlte, was er selbst kassierte.«

»Ja, so funktioniert das nun mal«, Angermann lachte kurz auf. »Aber natürlich waren seine diversen Baustellen nicht Poschnews einzige Einnahmequellen. Er hat ja seine Finger in allerlei Geschäften.«

»Genauer?«, fragte Heiland.

»Na ja, ich will mal so sagen, er vermittelte auch Frauen für die Prostitution. Ob er im Rauschgiftgeschäft ebenfalls aktiv ist … oder war, weiß ich nicht. Aber wissen Sie, was das Witzigste war?«

»Bislang hab ich noch gar nichts Witziges entdeckt«, entgegnete Heiland.

»Das Witzigste war, dass von Wetzstein für die Filmstoffe, die er mit Poschnews Geld Poschnew abgekauft hat, auch noch Geld aus verschiedenen Filmförderungstöpfen abzockte. Genial, einfach genial, aber natürlich nicht Wetzsteins Idee.«

»Sondern?«

»Die von Salzbrenner. Der Mann ist wirklich ein Multitalent.«

»Aber dass Maik Salzbrenner der Ermordung seines Geliebten zugestimmt haben soll, kann ich mir nicht vorstellen«, sagte Peter Heiland.

»Ich schon.«

»Aha und wieso?«

»Weil Leon ihm verschwiegen hat, dass er als Prostituierter arbeitete.«

»Wir haben eine Aussage von Salzbrenner, dass er darüber stets unterrichtet gewesen sei. Manchmal habe er sogar zugeschaut.«

»Clever! Aber so ist er. Der lügt auch, wenn er ganz alleine ist. Nein, nein, er hat das erst kürzlich erfahren.«

»Durch Sie?«

»Ich bitte Sie, so etwas würde ich nie machen. Ich weiß nicht, wer ihm das gesteckt hat. Im Übrigen hat er es überhaupt nicht verkraftet, dass sich Schubert mit von Wetzstein eingelassen hat. Leon war nun mal eine Nutte, und Maik war tatsächlich total in ihn verknallt.«

»Und deshalb war er mit der Ermordung Schuberts einverstanden?«

Angermann hob seine kurzen dicken Arme. »Ich weiß es nicht. Ich denke es mir nur so.«

Peter Heiland sah auf seine Uhr. »Wir machen eine Pause. Sie bleiben so lange hier!«

Die beiden Kommissare verließen den Raum.

»Der hat 'ne ganz klare Strategie«, sagte Meier, als sie die Tür hinter sich geschlossen hatten.

Peter Heiland nickte zustimmend. »Der kleine Finanzberater, der ein wenig auf Abwege gekommen ist. Er hat ja nicht geahnt, dass er es mit derartigen Gangstern zu tun hatte.«

»Und du meinst, bei Gericht kommt er damit durch?«

»Hauptsache, er glaubt daran; solange wird er mit uns reden.«

Maik Salzbrenner saß auf einem Stuhl dicht am Tisch und hatte seine Beine auf einen zweiten Stuhl gelegt. Sein Kopf hing weit im Nacken. Er schien zu schlafen, als Heiland und Meier das zweite Verhörzimmer betraten.

Jetzt richtete er sich auf und streckte sich. »Ich sage kein Wort ohne meinen Anwalt.«

»Gut, dann erzähle ich Ihnen, was wir wissen«, sagte Heiland und setzte sich Salzbrenner gegenüber. »Sie haben als Geschäftsführer der Nuovomediarights das Geld gewaschen, das Poschnew und von Wetzstein generiert haben, wenn ich mal so sagen soll. Der Geldbote war Leon Schubert, Ihr Mann, wie sie ihn nannten, obwohl er alles andere war als das.«

Salzbrenner, der bisher so tat, als langweile ihn, was der Kommissar vortrug, fuhr schlagartig hoch. »Wer behauptet das?«

Peter Heiland hob beschwichtigend die Hände. »Sagen Sie nichts. Ihr Anwalt ist ja noch nicht da.«

Meier stand hinter Salzbrenner an der Wand und hob den Daumen. Vor der Art, wie Heiland seine Verhöre führte, hatte er trotz aller Rivalitäten schon immer Respekt gehabt.

»Im Gespräch mit meinen Kollegen haben Sie behauptet, Sie wüssten, dass Leon sich prostituierte«, fuhr Peter Heiland fort, »und Sie hätten das akzeptiert. Aber in Wirklichkeit haben Sie es erst kürzlich erfahren. Sie wären keinen Augenblick damit einverstanden gewesen. Wann Sie dahintergekommen sind, dass Schubert sich mit von Wetzstein eingelassen hat, wissen wir nicht genau …«

»Hören Sie auf! Hören Sie auf mit Ihren Lügenge-schichten!«, schrie Salzbrenner.

»Halten *Sie* den Mund, und reden Sie, wenn Ihr Anwalt da ist. Als Geschäftsführer der Nuovomediarights haben Sie Poschnews Schwarzgeld geschickt gewaschen und so Herrn von Wetzstein ein ansehnliches Vermögen ver-schafft. Das alles hätte freilich ohne die freundliche Mit-arbeit Doktor Angermanns nicht funktioniert.«

Salzbrenner verzog sein Gesicht. »Angermann!«, sagte er abschätzig.

»Was wir noch nicht wissen und was wir überhaupt nicht verstehen können: Warum haben Sie der Ermor-dung Leons zugestimmt?«

Wieder trat eine überraschende Veränderung in Salz-brenners Gesicht. Ernst sagte er: »So einer wie Sie wird das natürlich nie verstehen.«

»Sie geben es zu?«, rief Meier, der hinter Salzbren-ner stand.

»Sie haben tatsächlich zugestimmt, als Poschnew ent-schieden hat, Wassyl Grosni und Leon Schubert umzu-bringen?«, stieß Peter Heiland nach.

»Zugestimmt habe ich nicht. Ich habe mich nicht dagegen gewehrt. Ich muss zugeben: Ich habe nicht widersprochen. Und wenn ich in den Knast einfahre, ist das die gerechte Strafe dafür.«

Salzbrenner und Doktor Angermann wurden in die Vollzugsanstalt zurückgebracht. Peter Heiland ließ Poschnew und von Wetzstein vorführen. Das Verhör führte er gemeinsam mit Carl Finkbeiner.

»Ich will Ihnen erst einmal sagen, was wir wissen«, hob Peter Heiland an. »Sie, Herr von Wetzstein, haben gemeinsam mit Herrn Poschnew beschlossen, Wassyl Grosni und Leon Schubert töten zu lassen.«

»Sie wissen das nicht, Sie unterstellen es uns«, sagte von Wetzstein mit einem überheblichen Lächeln.

»Wir haben zwei Zeugen, die bestätigen, dass Sie den Mord in Auftrag gegeben haben, und die werden ihre Aussage vor Gericht wiederholen.«

Poschnew und von Wetzstein tauschten Blicke.

Heiland redete unbeirrt weiter: »Die Brüder Dobkin wurden von Ihnen beiden beauftragt.« Letzteres entsprach nicht dem Wissen, aber der festen Überzeugung Heilands.

»Am besten wäre es, Sie legen gleich ein Geständnis ab«, sagte Carl Finkbeiner.

Von Wetzstein behielt sein arrogantes Lächeln bei. »Wenn es meinerseits etwas zu gestehen gäbe, hätte das Zeit bis zur Gerichtsverhandlung. Im Übrigen werde ich ab jetzt nichts mehr sagen.«

»Das gilt auch für mich«, sagte Poschnew.

In der darauffolgenden Nacht erhängte sich Moritz von Wetzstein in seiner Zelle. Er hatte sein Hemd in Streifen gerissen, die Streifen miteinander verknotet, den so entstandenen Strang durch das Gitter seines Zellenfensters gezogen und um den Hals gelegt, bevor er von einem Hocker sprang. Auf dem Tisch lag ein Zettel mit der Nachricht: »Ich habe Kevin Katz nicht in Notwehr, sondern ganz gezielt erschossen. Den Tod von Schubert und Grosni haben Poschnew und ich gemeinsam verfügt. Tut mir leid. Moritz von Wetzstein.«

Damit waren die drei Mordfälle abgeschlossen.

22

Peter Heiland nahm für eine Woche Urlaub und fuhr mit seiner Familie nach Riedlingen zur Beerdigung seines Großvaters.

Carl Finkbeiner kam mit Karten für die Komische Oper zu Jenny. Die beiden hatten viel Spaß bei der Aufführung von Jacques Offenbachs Operette »Orpheus in der Unterwelt«, tranken und speisten danach in der Nachbarschaft des Opernhauses in dem sehr gemütlichen Restaurant »Nö« in der Glinkastraße und landeten schließlich in Jenny Kreuters Wohnung, von wo aus sie am nächsten Morgen gemeinsam zum Dienst im Landeskriminalamt fuhren.

Ernst Bienzle gewann seine erste Schachpartie gegen Eduard Grosni, war sich aber ziemlich sicher, dass der alte Russlanddeutsche ihn hatte gewinnen lassen.

DANK

Ich danke Michael Cotte für seine technische Beratung und Zoran Solomon für seine Mitarbeit bei der Entwicklung des Stoffes und diverser Recherchen.

Kommissar
Peter Heiland ermittelt:

1. Fall: Der Patriarch
ISBN 978-3-8392-1945-4

2. Fall: Heiland
ISBN 978-3-8392-2127-3

3. Fall: Babettes Ballhaus
ISBN 978-3-8392-2279-9

4. Fall: Wut
ISBN 978-3-8392-2491-5

5. Fall: Nackt im Grab
ISBN 978-3-8392-2742-8

Weitere Bücher
von Felix Huby:

**Kommissar Bienzle
ermittelt:
Bienzle und der Terrorist**
ISBN 978-3-8392-2281-2

**Bienzle und der Tod im
Tauerntunnel**
ISBN 978-3-8392-2282-9

**Nichts ist so fein
gesponnen (Hrsg.)**
ISBN 978-3-8392-1190-8

GMEINER SPANNUNG

WWW.GMEINER-VERLAG.DE
Wir machen's spannend